MEU CORAÇÃO DE PEDRA-POMES

A marca FSC® é a garantia de que a madeira utilizada na fabricação do papel deste livro provém de florestas que foram gerenciadas de maneira ambientalmente correta, socialmente justa e economicamente viável, além de outras fontes de origem controlada.

JULIANA FRANK

Meu coração de pedra-pomes

Copyright © 2013 by Juliana Frank

Grafia atualizada segundo o Acordo Ortográfico da Língua Portuguesa de 1990, que entrou em vigor no Brasil em 2009.

Capa
Elisa v. Randow sobre obra de Iza Figueiredo

Preparação
Márcia Copola

Revisão
Valquíria Della Pozza
Márcia Moura

Os personagens e as situações desta obra são reais apenas no universo da ficção; não se referem a pessoas e fatos concretos, e não emitem opinião sobre eles.

Dados Internacionais de Catalogação na Publicação (CIP)
(Câmara Brasileira do Livro, SP, Brasil)

Frank, Juliana
    Meu coração de pedra-pomes / Juliana Frank. — 1ª ed.
— São Paulo : Companhia das Letras, 2013.

ISBN 978-85-359-2300-1

1. Romance brasileiro I. Título.

13-06174   CDD-869.93

Índice para catálogo sistemático:
1. Romances : Literatura brasileira 869.93

[2013]
Todos os direitos desta edição reservados à
EDITORA SCHWARCZ S.A.
Rua Bandeira Paulista, 702, cj. 32
04532-002 — São Paulo — SP
Telefone: (11) 3707-3500
Fax: (11) 3707-3501
www.companhiadasletras.com.br
www.blogdacompanhia.com.br

Para:
Reinaldo Moraes
Daniela Nunes
Júlia Burin
Ana Frank
Henrique Landulfo

Exijo uma explicação!

Com sua licença, senhoras e senhores membros do júri.

Sempre gostei de escrever coisas banais, com termos usados no cotidiano, como: "Saia já daqui!", "Você vai me pagar caro por isso!", "Não quero um ateu liberal na minha porta!". São formas velhas, gastas e ultrapassadas de contar uma história. Daí, é só misturar com algumas atitudes e macumbas inéditas da personagem central: Lawanda. E resulta no livro: *Meu coração de pedra-pomes*.

O membro mais ativo do júri se levanta, o lápis preso na boca, grita:

— Os romancistas odeiam o seu método.

Respondo:

— É fato: é odiável. Agrada-me muito.

Todos urram e relincham ao mesmo tempo:

— Juliana, por quê? Por quê? Nós precisamos saber para te acusar! É confortável o banco dos réus? Acaba de tornar este livro público. Você nos deve uma resposta!

— Ora, é dureza deixar um texto rasteiro, mundano,

antiliterário crasso. E vou além: escrevi pela pura pretensão da simplicidade, simplesmente.

— De quem se trata? Vamos, colabore...

— Este livro é uma ficção. Não pensem que se trata de fulano ou restano. A furiosa contemplação das personagens deixa todos ávidos por uma explicação!

Decisão geral: Celeumaremos!

— Não aprofunda.

— Não se encontra uma única linha que discute.

— Não há doutrina!

— É um livro inútil.

— Não é inútil. É apenas um livro desnecessário.

— Não é um livro!

— A vida da autora! Talvez a vida disfuncional ou o caráter genital justifique os motivos que a levaram a criar a sua historieta!

— Enfraquecimento do ego, um tombo ginástico, caráter puberal com couraça, ou um cachorro eleito "o mais amado da família" que roeu o brinquedo dessa mente decaída na infância.

— Desdenhosa. Precisa expor suas vergonhas!

— Exibicionismo das nádegas seguido imediatamente de rejeição e grave frustração e recalque desse prazer!

— É... fixação sádico-anal.

— Um mal diabólico ou pulsão de morte proeminente de sadismo fálico em perfurar gelo.

— Talvez um tio que a sentava no colo.

— Ou tudo ao mesmo tempo e alguns desvios psiconeuroexistenciais como: necessidade libidinal e medo do quarto do castigo. Na infância da autora era necessário ajoelhar no milho.

— Não é um livro!

— Hipertonia e rigidez muscular seguidas de fixação em chupar no espelho sua imagem narcísica.

— A literatura acabou!

— Concordo! Tudo acabou. Menos a linguagem das multidões.

— Neste caso, a linguagem expressa o anseio de sensações orgânicas subjetivas: perturbação contra o falo.

— Inveja do falo!

— Estima do falo!

— A literatura acabou!

(*Silêncio da autora*)

— Olhem todos, agora ela rói as unhas carcomidas e esfrega os dentes cariados.

— Não abuse ou vamos confiscar sua pena...

Decisão geral: Celeumaremos!

— O que está acontecendo aqui? Do que se trata esta noveleta? Essa Lawanda é limítrofe, disfarçada de maluca, ou o quê? Essa Juliana é craquelê?

Outro membro do júri cai de quatro e grita:

— EURECA! Já sei, Juliana Frank é uma personagem da Lawanda!

A voz do coro sentencia:

— Ou essa Juliana faz transplante de personalidade ou ela mentiu feio para nós.

Isso é o que nós vamos ver.

É parte da acaralhação da vida ficar lutando contra a sujeira. Me pego limpando esse chão toda hora. Eu sou paga pra lutar nesta batalha contra a imundície. Existem alguns tipos de sujeira aqui, as partículas sólidas, fuligem, poeira, e as de origem oleosa, como a graxa e manchas indecifráveis. Também tem as que mais amedrontam as pessoas: bactérias, germes e gotas de sangue. Enfim, as porcarias naturais. O mundo está repleto de misofobia, o medo patológico da imundície. Limpo até poder ver meu reflexo nessa ilustríssima rua de limpeza onde desfilam doenças. Por que não o bordel?, eu me pergunto. Mas não me respondo nada. Vou limpando com o esfregão amarelo como se ele fosse uma seta que está sempre à minha frente. Só que aqui já está limpo, espelhado. O hospital deve ser higienizado de hora em hora. Tem sangue de pacientes semivivos por todos os cantinhos. Gosto de esconder alguma sujidade, dessas microscópicas, em cantos imperscrutáveis. Me dá prazer reconhecê-los, dia após dia, intactos! Livres da vassoura dos outros funcionários com os olhos atentos da assepsia. Chamo essas sujeirinhas de *pequenas heroínas*. As pessoas, no geral, não gostam. Tratam-nas como se fossem memórias de sacrilégios, carnificinas e crimes. Muito mal informados, todos. É só olhar para o chão e ver o tamanho real das intervenções de poeiras e manchas. Não existe nada a ser decifrado. Não se trata de uma ciência oculta. Não há mistérios por trás da sujeira.

Já está quase na hora da saída. Quando eu chegar em casa, vou fazer a macumba que eu mesma criei. Tirar uns pentelhos e colocar no liquidificador, misturar na sopa de músculo. Vai ficar um bálsamo. O José Júnior adora sopa. O José Júnior é meu amante. Adoro dizer "amante", está em desuso. E ele só toma sopa, desde que a mãe morreu. Sopa também é uma coisa antiquada. Me enche de tédio ver alguém sorvendo aquele líquido rançoso de comida massacrada. José Júnior também só senta do lado direito do sofá, porque o lado esquerdo era o da mãe. Ele é um perfeito velho tradicional. A diferença é a pouca idade. Não bebe, acha infantil cuspir em corrimão, dar nomes a besouros ou costurar borboletas. Enfim, meus passatempos preferidos. Mas José Júnior, além de ser um bom ateu praticante, é um *homuserectus*. Seu pau está sempre disponível. Na praia ele fica ruborizado, porque o pau se anuncia como uma afronta no sungão azul maneiríssimo. Jantares de família, com todos compartilhando inutilidades e escondendo suas deslealdades, lá está o pau quase furando a calça jeans. Todos ficam em silêncio. As tias se entreolham na esperança de que as outras não tenham notado. Pensam: "Espero que Gessi não tenha visto. Não quero compartilhar este segredo secretíssimo com ela". Se a outra perceber, está feito o desastre. Todas vão comentar sobre a beleza do pão saído do forno e engolirão em seco o pau inconveniente do sobrinho. Lembram dele no carrinho de bebê, de sua meiguice no olhar. Ah, tempos passados. Agora essa miséria. O pau duro desfilando pela sala. Uma miséria!

Nair prossegue seu pensamento: "Tomara que Gessi não tenha visto, ou vai pensar secretamente em tocar. Há anos não vê um pau. Quiçá o chaveirinho que seu ex carregava entre as pernas. Aquele homem, sempre de verde, com piadas enfadonhas, tinha o pau chaveiro. Uma lembrança de pau. Uma amostra grátis de pau. Tenho quase certeza, mas jamais irei perguntar a ela. Tem, sim. É um homem inseguro. Tem!". Nair fecha seu pensamento, de forma forçada, engole seco e diz:

— Gessi, meu bem, passe o pernil.

Gessi passa o animal adornado com abacaxis, pensando: "Só dá pernil nessa casa, não sei como ela suporta fazer todo sábado. Mas é uma receita que funcionou, não quer errar a mão. Deve ter desconto no açougue".

Depois diz, convicta:

— Adoro seu pernil, Nair. É melhor que o do Estadão.

Se eu fosse a mulher oficial de José Júnior, chegaria gritando na sala: "Este homem tem um pau, ouviu? Tem um pau!".

É assim que eu imagino as tias, sempre pérfidas, com suas pernas compridas e desproporcionais demais ao resto do corpo. E, portanto, quem vai me questionar? José Júnior acha que minha imaginação fede. "Exagerada e doentia", ele diz. Mas, xoxotamente falando, comigo está feliz.

Quando ele está no lugar que eu chamo de "mansão dos falidos", com a família toda reunida em comunhão de males, mando fotos comoventes para ele. Coloco uma lingerie e vou clicando enquanto tiro as peças com delicadeza. Começo com as alças do sutiã, depois vou descendo, até ficar completamente nua. Sempre tiro fotos dos meus lábios ferinos, abertos como se gemessem. Vou mandando pelo celular aos poucos, é sempre importante demorar entre uma foto e outra, para deixá-lo entretido no meio da refeição. Ele implora por mais fotos, ruge, promete joias e sapatos de pele de peixe. Eu mando. Depois, para finalizar com beleza o serviço, ligo para ele e me masturbo com força e habilidade. Daí gozo bem rápido e alto. Nesse momento, ele é obrigado a levantar e ir lá fora, no quintal da mansão em ruínas, me ouvir gemer.

Quando ele chega aqui na minha casa, sentamos na minha cama de meteorito e ele logo me pede para nunca mais fazer isso, que é vexatório e constrangedor.

Digo, revoltada:

— Como assim, vexatório e constrangedor? Ou uma coisa ou outra.

Ele não se importa:

— Dá no mesmo.

— Como, dá no mesmo? São completamente diferentes.

— Nada disso. São sinônimos.

Levanto do sofá, inconformada:

— Não acredito em sinônimos. Nesta casa eles não são bem-vindos. Ou vexatório, ou constrangedor. Escolhe um!

Pego no pescoço do meu amante e grito baixo:

— Escolhe um deles!

Ele arregala os olhos de pânico:

— Vexatório!

Se é assim, faço de propósito, e também para estimular a ereção e divertir o imaginário deletério das tias.

Ontem, já mais calma, pedi para ele os presentes prometidos, muito educada. Nunca vingou. Por isso tenho uma listinha, que penduro sempre no espelho em frente à minha cama. Quando ele me come de quatro, pode ver suas pendências. Depois de gozar, chora e jura voltar para a mulher original sem pecado capital.

Estou planejando outra traquinagem com o José Júnior, quero fazer com que ele sente do lado esquerdo do sofá. Já tenho um plano. Vamos ver se funciona. Macumbas sempre funcionam, cada dia eu invento uma inédita.

O José Júnior, com sua falta de emoção e ausência de ímpeto para abrir a boca, faz com que todos acreditem que ele é bom. Durante nossos atos sexuais xinga Deus o tempo todo: "Deus é um pulha, Deus é um crápula, Deus é um menisquente". Mas se comporta como um bom religioso praticante. Anda por aí com a cruz na mão, o terço na cintura, a cara apatetada. Conclusão: todos acreditam na sua beatificação interpretada. Descobriu cedo, o exímio pesquisador da vida, que o bom é aquele que cala. Numa mesa em que todos urram suas opiniões, lá está José Júnior, triunfando em sua apatia e sempre levando vantagem. No fim da reunião, os convidados o elegem: o correto. Quando eu o sacudo e jogo sua cabeça na parede, ele diz: "Não senti nada". É tão tétrico ser Xosé. Às vezes, quer dizer, sempre acho que ele vai desmembrar sua mulher legítima e ocultar as partes num vaso de uva, lá na mansão dos falidos. Depois, vai vir aqui em casa, com aquele sorriso frouxo de menino criado pelas tias. E, aí, vai começar a maldizer o Deus Todo. Até ser a minha vez de ser jogada contra a parede. Para me prevenir, toda vez que encontro meu amante uso um capacete. Passeamos, os dois, pelas ruas. Todos estranham o objeto redondão na minha cabeça. Mais de uma vez já disse para os caixas de supermercado que estava treinando os patins. Ninguém acredita. Mas ele, o crédulo, acha normal. Acha tudo normal e bom. Menos Deus. Só eu sei desse seu segredo terrível. Mas ainda pretendo descobrir outros. Por exemplo: por que tem essa mania de querer ficar só com a mulher dele? Eu imagino que ela seja frígida, que trepe apenas na horizontal, e tem os gemidos parecidos com o som de uma buzina, e morde travesseiro. Não, mentira. Ela não geme, não goza. A mulher dele nunca goza, não na minha imaginação. Ao contrário, ela retrai a xoxota, dá tapas na cara dele, xinga e grita: "Goza logo! Goza fora!". A mulher dele sempre quer o esperma fora. Só eu coleciono esperma dentro de mim. Às vezes, transamos várias vezes e não me banho, pra ir juntando o esperma. Depois eu bebo só umas gotinhas. O resto eu guardo num vidrinho de veneno que comprei em Paris pela internet. Tudo à vista, com o dinheiro do hospital. Não da limpeza, com o dinheiro de coisas escusas que faço lá dentro, e sempre me pergunto: por que não o bordel? Mas essa é outra história.

Termino de passar meu enorme esfregão e me preparo para me retirar à insignificância do quartinho de empregados. Preciso me trocar. Tirar essa roupa sem predicados e ir embora como se o caminho não fosse retroativo (uma rua que sumisse depois que eu passasse, construída para eu nunca mais voltar). Mas um belo rapazote me aborda, quer saber que horas são, onde fica o bebedouro e o setor de infectologia. No começo, eu o considero bonito. Mas parece muito com Marjinho, o marido da minha mãe. Por isso, começo a detestar esse rapazote. Quando não gosto de uma pessoa, odeio de brinde qualquer outra que se assemelhe fisicamente ou tenha, por uma coincidência, o mesmo nome que ela. Também estou enraivecida por luzir o chão, e, sem perceber, esse simpático moço pisa com seus sapatos sujos sobre minha limpeza, deixando pegadas como as ancestrais, só que de mocassins. Oh, Malditos Deuses Todos, odeio mocassins!

Ele fixa um sorriso no rosto e me pergunta novamente suas dúvidas. Pessoas simpáticas são sempre falsas. Como o detesto! Gostaria de dizer isso a ele. Mas não vou dizer. Pelo menos não agora. Dou as informações embaralhadas. Ele desfaz o sorriso cansado do rosto, descontrai os músculos e relaxa. Continua caminhando pelo ex-límpido chão e o deixa completamente preto. Por onde andou?

Ponho meu esfregão para funcionar e tento me concentrar novamente no José Júnior.

Todos os dias, para limpar o chão, eu relembro ou imagino coisas. Quando minha criatividade me abandona, imagino as mesmas cenas do dia anterior, só que em cores diferentes. Amanhã, se eu estiver infértil, vou imaginar o José Júnior em preto e branco, e ficará mais dramático, o que combina com ele.

A fiscal da limpeza, Lucrécia, passa com seu nome vilanesco, narizinho empinado de princesa etrusca, e flagra as marcas de passos. Me acusa, com seu olhar inquisidor, de não ter feito nada: "Dá um jeito nisso".

Faço que sim num movimento rápido de cabeça, fingindo uma obediência silenciosa. Não existe obediência barulhenta, não é mesmo? Ela aceita o gesto, mas desconfia secretamente que é falso. Levanta seu nariz de cão farejador disfarçado de imperioso, infla o peito como um pavão com uma pena enfiada no cu e faz minha expressão favorita: a de quem está trabalhando. Essa aí não precisa pegar no pesado, já sabe fazer de conta o sofrimento e a severidade. Esperta, ela. Eu ainda não sei fazer essa cara capaz de enganar multidões a respeito da minha eficiência e utilidade na Terra. Mas um dia desses aprendo.

Observo a pequena borboleta rosa-choque que passeia tontamente na frente da minha casa. Ela voa baixo, deve ser por isso que morrerá em breve. Num movimento único e certeiro, resgato o inseto fraudulento. Borboletas são fraudes da natureza. Não há nada de belo nelas, se você pensar direitinho, ou, no meu caso, se você costurar com precisão. Mais uma! Coloco junto às outras num enorme pote de maionese. Detesto maionese, tenho medo de quem gosta. Mas compro os potes e tiro todo o conteúdo asqueroso com uma colher de metal. A concha da colher alcança o fundo com perfeição. Num só golpe, empurro a colher para cima, o que produz um barulho parecido com a vagina quando está cheia de ar. Flooooof! O que vejo é uma colher recoberta por uma quantidade astronômica desse alimento nefasto. Atiro para os cães. Lavo com preguiça e rapidez. Dessa forma, sou possuidora de um novo e vazio pote de maionese. Coloco ali todas as lagartinhas enfeitadas e fecho. Hoje foi a vez da rosa, que alegria de morrer. Ela dança como uma bailarina bêbada, sufocada dentro do pote. É um espetáculo muito formidável, vê-la, aos poucos, se aquietar e jazer no fundo. As suas cores, misturadas às cores das outras condenadas, deixam o pote sortido e alegre. Pronto. Agora ela é menos borboleta do que antes. Daqui a dois dias vou costurá-la. Longe, bem longe dos moradores da minha casa. Não posso passar esse constrangimento. Há certas manias incompartilháveis. Vou ouvir o quê? Decerto: costurar borboletas não é de Deus! Responderia, se fosse o caso: mas é inútil.

Depois de devidamente assassinadas, é hora de escrever com uma tradicional caneta BIC um pedido de ordem sentimental em suas asinhas. Zás-trás! Feito. Agora é costurar cada uma delas nas minhas calcinhas com linha do mesmo tom das asas, sentada num banco de palha, balançando as pernas como faziam minhas tias-avós. Coloco as calcinhas novas em cima da cama, admiro, já esperando o milagre. É uma pena não poder mostrar ou, pelo menos, compartilhar minhas borboletas defuntas com o José Júnior. Mas essas calcinhas só podem existir durante as ausências do meu amante. Por isso, quando sei que não vou encontrá-lo, uso todas ao mesmo tempo, descombinadas. E caminho rebolando, como qualquer mulher que aceitaria ser infeliz para sempre por ser bem penetrada.

Está na hora dos comprimidos. Mas hoje não vou tomar, preciso estar bem-disposta amanhã, acordar como uma galinha ululante, cacarejando minhas cançõezinhas para o além, puxar todo o ar da manhã para dentro dos pulmões e ganhar as calçadas, ir até a loja de velas e preparar meu ritual.

Quando tomo os remédios, acordo como um bicho de goiaba recém-nascido. Me sinto uma velhinha decrépita que se esforça para ter sustento nas duas pernas. Quando não consigo acordar vivamente, ando de cócoras pelo quarto e vou pulando, para ganhar energia. Se pulo alto e forte, já sei que posso caminhar. Mas, se salto como um sapo aleijado, constato que é melhor cortar minhas pernas e jogá-las no lixo. Por isso, não vou tomar mais esses barbitúricos. A dona da casa onde eu moro, Vandercília, fiscaliza meus medicamentos, para relatar tudo à minha tia, que paga meu aluguel com pontualidade alemã. Boa sorte pra ela e pra todas as pessoas que merecem habeas corpus.

Me aninho na cama dura para mais uma noite de macumbas a criar e porra nenhuma a fazer. Começo a animar planos para afanação de objetos; ensaio como expor mentiras a desconhecidos, e, claro, ensaio boas mentiras para apavorar minha nova psicóloga. Caso ela pergunte meus sonhos, para desvendar meus desejos reprimidos, vou narrar que nas noites de quarta transo com o defunto do meu pai. O que não é lá uma grande mentira. Afinal, tenho fantasias com mortos. Não só meu pai, mas meu avô, meu vizinho que morreu afundado no pó e o homem da banca de jornais onde eu sempre comprei figurinhas na infância. É um tipo de fetiche involuntário e irrefreável. Eu durmo pensando: "Malditos Deuses, com quem será hoje?".

Numa fase mórbida, eu lia os obituários e copiava o nome dos mortos no meu caderno. Na minha cabeça, ia dando rosto, corpo, voz, identidade e idiossincrasias para o nome. Depois, era só fechar os olhos e esperar sonhar com essa criatura mecanicamente projetada. Hoje não possuo mais esse hábito terrível. Isso foi antes dos comprimidos. Já pedi ao psiquiatra um remédio para matar os sonhos. Ele torceu os lábios e pensou um pouco, muito pouco, o que é comum aos médicos. E disse que infelizmente. Bom, vou vivendo à base desses remédios que me acompanham nas longas noites de sono fundo.

Às vezes, tenho a sensação de hibernar. Gosto de idealizar o mundo com hibernação. As pessoas dormiriam durante meses e isso não seria um coma. Seria natural. Um dia antes do casamento, a noiva hiberna. Fazer o quê? Desmarcar. Para as lágrimas do noivo, sempre prostrado junto à cama, esperando por sua bela prometida vagina adormecida. A moça acordaria com os olhos grudados de remela, se movimentaria como uma aleijada e diria: "Este marido não serve. Traga outro". Seria comum mudar de ideia durante o sono. E ninguém discutiria.

Me imagino dormindo enquanto o chão do hospital é invadido por pestes daninhas, sangue, pus e inflamações. Mas é claro que isso não vai acontecer. Não adianta acreditar, Lawanda, deixe para lá seus desejos.

Acordo de manhã, eletrizada. Todos desejam secretamente me matar? Ou será mais uma fantasia mórbida? Eu tinha prometido a mim que compraria uma bela vela verde, mas a atendente da loja tem olhos derramados de vaca (daqueles que matam). É, não vou. Não estou muito aristotélica para lidar com humanos. Me arrumo muito para fazer nada. Penteio a franja imperiosa para o lado direito. Procrastinada, ignoro o calendário gregoriano todo. Me nego a voltar para aquela imundície de lavoro.

Vandercília, com sua pose de dona de cortiço bem-arrumado e em tom desesperado, grita que as contas acumuladas no viés da porta também são direcionadas a mim. Ignoro. Acendo um cigarro como quem manda se foder, e trato de caminhar, estou empolgadíssima para voltar àquela imundície de lavoro.

Ando e ando e ando pelas ruas. Quero guardar meu dinheiro do ônibus para comprar um besouro vivo. Adoro besouros porque são mal-humorados.

Agora estão todos borocoxôs em São Paulo. Os que mentem que estão felizes e falsificam um sorriso no rosto não me ludibriam. Porque são dezoito horas e as drogas capazes de levar alguém à radiação são vendidas apenas mais tarde na cidade. Procure agora o homem que arrasta chinelos carregando a escopeta ou um princípio de incêndio e vai saber que a felicidade tarda algumas horas a chegar na cidade pendular.

Chego pontualmente atrasada no trabalho, como todos os dias. A fiscal da limpeza, Lucrécia, me chama com um gesto imperativo. Sua expressão não é das melhores. Imagino que seja pelo atraso diário. Ainda não se acostumaram?

Vou seguindo essa mulher pelas escadas, pensando que grande merda aprontei. Isso quer dizer: faço muitas coiselas aqui às escondidas. Mas não tenho medo dela. Temo a polícia, apenas. Ela prende antes e explica depois. Quando explica.

Entramos num cubículo, com um abajur torto. Trato logo de arrumá-lo, tenho medo de luz mal direcionada. Enfim, esse lugar é mais feio que hospital aos domingos. Mas veja que coincidência! Estamos num hospital, e hoje é domingo. Pois então parece uma sala de tortura num dia de cinzas. Ela olhou nos meus olhos. É muito aflitivo quando olham nos meus olhos. Pinçam os nervos, meus pelos se arregalam e perco a concentração. Parece que estou de ressaca: começa a crescer um iceberg pontudo no interior da minha cabeça e tenho a leve impressão de que meu corpo pode desmoronar a qualquer momento. Por isso, sempre usei uma tática para não me olharem nos olhos, era simples: eu desenhava uma estrela na ponta do nariz com um lápis de olho vermelhão. Assim, podia conversar com as pessoas, elas envesgavam um pouco para enxergar bem a ponta do meu nariz e deixavam o olhar sempre fixo lá. Esqueciam meus olhos e seguíamos a conversa amigável. Mas Lucrécia me proibiu de transitar com a estrela pelo hospital, garantiu que os pacientes estranham.

Ah, muito inteligente, dona Lucrécia. A senhora pode cair de quatro e gritar: "Eureca!". Quer dizer que os pacientes estranham estrelas em narizes? Eles devem achar natural serem perfurados por agulhas, tubos, catéteres, objetos de metais variados e pontiagudos e toda essa parafernália hospitalar.

Devolvo o olhar para Lucrécia, sem medo do cadafalso que vai degolar minha cabeça de condenada. Estou mesmo muito calma. Diria que tenho agora os pulsos de um morto.

Enfim, ela falou, pausando as palavras como se tocasse um piano:

— Você trabalha aqui... porque temos sistemas de cotas... Apesar de seu problema não ser visível, reconhecemos a gravidade de uma doença mental. Mas não podemos ser tolerantes com mentiras.

— Lucrécia, não sou mentirosa. E, quando você diz temos, reconhecemos, podemos... de quem mais se trata? Não estamos apenas nós duas aqui?

Daí ela falou, brusca:

— Sem rodeios para ninguém ficar tonto. Pelo que vejo aqui, você mentiu seu nome.

— Eu não menti. Eu roubei na escola, de uma menina que se chamava assim.

— Outra mentira. Ninguém jamais se chamou Lawanda, seu nome é Wanda, e você apenas colocou o La na frente do Wanda e nos enganou. Está aqui nestes documentos que sua tia nos enviou: seu nome é Wanda Escapulária.

— Não posso ser castigada por um simples La.

— Sim. Dessa vez, passa. Mas, veja, outra coisa: você chega sempre às dezoito e onze. O seu horário não é às dezoito?

— Sim, mas não posso começar em ponto.

— Ordeno que sim!

— Essa nunca é uma boa hora. Olha, vou te contar uma coisa interessante que descobri: as pessoas nunca são felizes em horas pares, apenas nas ímpares!

— Não me importa a infelicidade das pessoas, Wanda! Tenha a santíssima impaciência, hã?

— Por favor, me chame Laúanda, certo?

— Podemos fazer um trato. Eu te chamo como você preferir. E você promete chegar no horário.

— Justo — respondi.

Porque na verdade não era um trato, era uma ordem. Pelo tom de voz senti que era uma ordem. A partir de amanhã eu chegarei todos os dias toda infeliz para realizar meu trabalho nada absorvente.

— Tudo bem, assim — eu disse, conformada.

— Ótimo. Vá tratar dos seus negócios.

Sim. Vou te deixar sozinha na sala para que você possa planejar em paz seus próximos atentados. Vou limpar muitos corredores e não olharei os grandes relógios de estação de trem que estão pendurados no teto por um cabo de aço. Por que usam esses relógios para passageiros atrasados? Aqui, os pacientes não precisam do tempo. Estão adiados, enraizando seus corpos enfermos em macas cobertas por plásticos. Importa pouco se é hora feliz. São todos infelizes por definição. Não há motivo para relógio.

Devo ou não sequestrá-lo? Fico olhando para esse velhinho do quarto 40. Este é o quarto com a melhor vista. Venho sempre aqui antes de começar a faxinar o hospital.

Lá fora, no jardim, há uns banquinhos de pedra e galhos secos de árvores, como uma lembrança do que foram.

Tento me concentrar na vista. Mas o velho me enche de piedade. Merda. Meu coração já o perdoou, e não estou bêbada, estranho.

Está nessa maca apodrecendo de uma metástase que deve chegar à alma em alguns minutos. Quinze por cento de chance de vida e fã do famigerado Cauby, claro. Já que no meio das cruzes penduradas na parede do quarto tem um pôster do cantor.

Se eu o sequestrasse, poderia ganhar uma pequena fortuna que resolveria meus grandes problemas.

É fácil sequestrar um velho cancerígeno. Arrumo uma van e vou levando para um sítio alugado. No quintal coloco gansos bravos. Melhor que me endividar e acabar roubada como nos filmes coloridos de quase todas as sessões.

Mas e as medicações? Onde vou arrumar esses tubos todos? Ponto. Não vou sequestrá-lo. No mais, tenho pena dos velhos. Nunca acredito que podem fazer mal a alguém. Descobri que é pelo modo como eles caminham. A vagarosidade sempre me emociona. Mas ele está deitado e tenho uma compaixão insuportável mesmo assim. Meu coração é um bandido, até a mim tem traído. Sinto febre de tanta piedade. Penso que sou ele. Malditos Deuses Todos, claro que sou ele. Como nunca tinha me dado conta disso? Lembro de meus besouros, do José Júnior e até das tias. Meus nervos pinçam de saudades. Se eu sou ele, minha vida está condenada. Minha vida é uma empulhação. Sou mais desgraçada do que nunca imaginei. Calma, Lawanda, você não deve ser ele. Faça o seguinte: fale com ele, se você ouvir outra voz que não a sua, isso quer dizer que você e ele são pessoas distintas, separadas. E que a moléstia não te pertence, é indesviável. Vamos, fale.

Fui me aproximando de modo gentil, e falei, temendo em segredo falar para ninguém ou no vazio:

— O senhor precisa de algum serviço noturno?

— Ouvi falar muito bem de seus trabalhos. A minha maior quimera: ver mais uma vez, a última, o Cauby.

A voz soou como um delírio.

— Como? Não ando bem do ouvido.

— Quero ver o Cauby.

A segunda voz soou como um milagre. Apenas pisquei para ele, confirmando. E o vi se inundar de alegria e abrir o mais sincero sorriso que eu não presenciava desde anteontem.

Liguei para o cara da van, Leôncio (o mesmo pra quem

eu ligaria se fosse sequestrar o velho), sua voz me confirmou: eu não era o velho, mas Lawanda. Marquei às vinte e três horas, no portão de saída de dejetos do hospital.

O velho ouve minha conversa pelo celular e percebe que Leôncio chegará na hora exata para o crime.

Sim, iremos ao show! Está radioso. Iluminado. Se pudesse erguer o corpo, pularia. Pularia tanto que quebraria o piso de poliuretano antiderrapante do hospital. Me lembra uma moça de quinze anos que sai pela primeira vez, com uma fome de num sei quê. Essas fomes comuns em adolescentes que só passam com ferro quente ou água fria. Ou, quando saem na rua, arrumadinhas demais para a ocasião, e nunca encontram nada que as justifique.

Pego meu esfregão e começo meu trabalho. Na verdade, não começo. Respiro fundo antes, para ter coragem. Vai, Lawanda, você consegue. Já é o seu segundo mês de trabalho e você tem se saído uma indiscutível grande limpadora de chãos. Enfio o esfregão no balde repleto de água e sabão. Torço tudo e, com violência, meto os fios amarelos do esfregão no chão do corredor.

Esse é o tipo de trabalho que nunca termina. Daqui a uma hora, terei que fazer o mesmo movimento neste mesmo lugar. Só que da próxima vez pretendo bater o esfregão no chão com mais força, para que voem partículas de água pelo ambiente. Adoro ver bolhas de sabão voando. São volumosas e coloridas, às vezes voam por três segundos e explodem, se eu tiver sorte. Mas hoje não é um bom dia. Melhor deixar para os outros funcionários, que seguramente não darão a devida importância para a bolha.

O que as pessoas, incluindo Lucrécia, precisam saber é que os olhos são muito mais sensíveis que a pele. Portanto, grande merda se acabarem pisando em alguma sujeira. A visão, sim, é terrificante. A ameaça de contágio de moléstias deixa todos fanáticos pela limpeza aqui no hospital. Deve ser por isso que estou aqui.

Também estão aqui largados pelos corredores em macas provisórias os pacientes que esperam por atendimento e são ignorados, como insetos inoportunos. Há vagabundos sem teto. Um deles parece esplendidamente enfermo, mas só veio para aproveitar as refeições, que eu não recomendo muito. Há uma moça suando, o seu filho está alojado na cadeira laranja, pensando em outra coisa. Talvez em pterodátilos. Um velho treme, agachado. Crianças correm e atropelam os doentes. Todos aqui carregam sacolas plásticas ou vidros de remédios. Alguns pacientes permanecem na mesma maca durante quinze dias, parecem estátuas gemendo de dor. Alguns exibem feridas bem abertas, feias. E eu tenho vontade de passar o esfregão em cima dessas lesões. Mas não devo, claro. Carrego um crachá com o meu nome no bolso do uniforme azul. Lawanda, está aqui grafado, como prova da minha verdadeira identidade. Mas aqui ninguém me chama. Eu também não me manifesto. Agora, se eu pudesse esfregar e curar ferimentos, ouviria a voz do coro trovejando "Lawandas" pelo corredor.

Vou limpar o chão. Primeiro o lado esquerdo, esquerdo, esquerdo. No que vou pensar agora? Ah, sim. Mamãe. Ela me mandou uma cartinha, deseja que eu esteja indo bem no trabalho. Implora para que eu não gaste em qualquer bar o dinheiro do aluguel que minha tia deposita. Mamãe, mas a senhora está muito desinformada. Não vou ao bar há meses. Inclusive, depois que parei de ir, vi meu caderninho de endereços murchar. Não me importo. Amigos dão trabalho e já me basta minha coleção de besouros.

Mamãe também pede para eu tomar ar fresco. Ainda

prefiro cigarros. No fim da carta, faz uma sugestão curiosa: para que eu guarde o dinheiro do meu salário e um dia compre um bom apartamento. Engraçado, mamãe me tocou e isso é raro. É claro que eu devo guardar. Ganho quinhentos por mês de salário fixo e ainda tem o cachê dos extras, que dá uma boa somada nesse mensal paupérrimo. Só pago contas de luz e água, o resto é com a titia. Tenho dezenove anos e nenhum cartão de crédito; os cabelos eu prefiro desalinhavados. Nada de cremes. Poupar é uma brilhante opção. Mas e os besouros? Eliezer guardou cinco este mês. Irei buscar no dia do pagamento. Todo dia 10.

Eliezer é um tipo rechonchudo, com pintas que soltam pelos. Alguns pelos são tão compridos que, se ele não cortasse, daria para fazer uma trança natural. Gosto de imaginar Eliezer cortando os pelos de sua pinta-mor, a que protagoniza o rosto, em frente ao espelho, concentrado e franzindo o sobrolho, como quem vai espirrar em instantes. Ele pensa que ninguém percebe. Mas eu, sim. Toda vez que o vejo, analiso bem a pinta, para saber em que dia foi aparada. Compro os besouros mal-humorados que ele traz do sítio e vou embora rápido. Nossa conversa é muito rasa. Temos apenas relações comerciais. Nunca deixei passar disso, porque tenho medo de perguntar algo sobre suas pintas cabeludas sem querer. Por exemplo, se ele dá nome a elas.

Às vezes acontece isso comigo, pergunto coisas às pessoas. Aqui no hospital mesmo, perguntei a uma paraplégica se ela sentia o clitóris. Ela gritou de fúria, correu as mãos pelas rodas e saiu enviesada. Se pudesse andar, viraria as costas na hora. É o que fazemos para mostrar desprezo. Mas seu olhar lançou um raio ferino. Percebi isso no hospital também, os paraplégicos têm os olhos falantes.

Poupar ou não poupar os quinhentinhos? Depois penso nisso. Agora vou limpar o lado direito, direito. Depois, devo entrar no quarto 302 e dar uma bela esfregada. Aqui, sou a rainha do esfregão. Vejamos o que me espera.

Nada. As pacientes já foram embora. As duas com doença renal. Uma delas chorava todos os dias. Suas lágrimas eram interessantes. Porque é negra. E as lágrimas dos negros têm uma cor mais atraente, são mais transparentes que as outras e parecem fotografias de cartão de Dia dos Namorados. Para sanar sua tristeza, eu trazia refrigerantes, frango à passarinho e batata de saco. Ela me pagava direitinho pelo extra. Uma pena. Agora terei de conquistar novas clientes. É o mal de traficar no hospital.

São onze horas no grande relógio. Velho, aí vou eu! Está quase na hora do show do Cauby. Corro pelas escadas do hospital como se fugisse de um incêndio. Chego no quarto do velho para resgatá-lo para o passeio noturno. Abro a porta e grito, triunfante: "Como é? A nossa hora chegou!".

Mas não há ninguém. Começo a procurá-lo entre as macas e em lugares onde uma pessoa não conseguiria se esconder. Nem se extirpasse metade dos membros. Sempre procuro pessoas em cantos estreitos. É, ele não está. Toco a campainha e espero a enfermeira.

Ela entra e, inconformada com minha petulância, pergunta o que quero. Quero o velho, oras. Me diz que ele faleceu há uma hora, mais ou menos. Morreu às vinte e duas. Hum, não diria que essa é uma hora exata para morrer. A enfermeira diz que tem em seu poder um bilhete que o velho deixou para mim. Odeio pessoas que dizem ter as coisas em seu poder. Que seu poder o caralho! De qualquer forma, que velho maluco! Não acredito que escreveu nosso plano numa cartinha antes de adentrar o além-túmulo. O fantasma da demissão me ronda enquanto disfarço um sorriso para a enfermeira e alcanço suas mãos a fim de resgatar o papel. Tento tirar, mas ela força os dedos e o puxa para si. "Ai de você", digo e repito com os olhos. Depois desse furioso vaivém, ela liberta a missiva e sai do quarto rosnando qualquer coisa com voz engasgada.

Sento na maca em que o velho morreu. Sempre sento nas macas dos pacientes depois que eles morrem. Gosto de ficar balançando as pernas no ar, como criança. E imaginar o que a pessoa viu antes do último suspiro. Sua cabeça não alcançaria a janela, uma pena. Há quatro paredes verdes e entediantes, uma televisão no teto, impossível de assistir: além de pequena, está disposta numa parte alta demais da parede. Uma porta que, entreaberta, mostra a privada do banheiro. Pobre velho! Desde este dia, ele não verá mais, não assobiará, não passeará de bicicleta motorizada. Ai, ai. Vai virar pó. Na verdade, como sua metástase o carcomeu, óbvio que vai virar veneno para a terra. Oh, vidinha de estrume, não?

O mais bonito na hora da morte é a própria pessoa agonizando. Peço sempre aos Malditos Deuses Todos que me permitam assistir ao meu ocaso. Quero morrer diante de um espelho. Quero isso, quero aquilo. Ai, ai. Acendo um cigarro como quem manda o pensamento se foder e me concentro na melhor vista do hospital, prometendo a mim mesma não elucubrar nem desejar nada nos próximos minutos. Depois de pontualmente trinta segundos, me lembro da carta! Raios de caralhos! Não dá pra ler sem pensar.

Bom, vou deixar a carta do defunto e outras bagunças para a manhã que vem.

Acordo pulando como uma ginasta e descubro que não tomei os remédios antes de dormir, já é o terceiro dia que passo sem eles, o que é um perigo pra lá de severo para minha saúde mental já precária. Não sei ainda que doença tenho. Os médicos estão pesquisando. No momento caminho aí meio errosa e sem diagnóstico. Só sei que comigo ninguém pode, nem eu. Já expliquei para diversos médicos o motivo da minha loucura. Mas eles nunca escutam, ou fingem que escutam e tomam nota de alguma outra coisa em seus bloquinhos de papel. Imagino que façam listas de supermercado.

Aconteceu há muito tempo, em Dammam, meu bisavô estava insatisfeito e resolveu vir para o Brasil, acompanhado de sua única irmã, Uãrdi. O caminho até a embarcação foi decisivo. Mamãe diz que Uãrdi era alegre e, naquele momento, estava eufórica por causa da viagem. Ela viu um templo de portas trancadas e sentiu necessidade de se atirar para depois da cerca e fazer ali mesmo a sua despedida.

Entrou. Analisou o espaço como um gato. Depois, dançou lentamente, muito lentamente, até alcançar o furor cego de uma possuída. E ignorou a ordem suprema, que proibia a presença de seres do sexo feminino ali. Nem aí, ela cantarolou. Mostrou as nádegas, rebolou. Peidou alto seguido de um riso rouco. O guardião assegurou que naquele espaço sagrado havia uma maldição: a mulher aventureira levaria a Loucura para sete gerações femininas. Meu bisavô tentou arrancá-la à força do perigo. Mas Uārdi seguiu acendendo a febre de todos os que por ali passavam. Dizem até que ficou seminua, numa pose como a das capas de revistas masculinas atuais. E só saiu de lá quando se sentiu imaterial. A maldição foi infalível. Todos se lembram dela com a mesma imagem: passando as tardes a mirar as próprias mãos como se fosse a última vez, entre ataques de riso. A cada ano que aniversariava sua dança no templo, tinha surtos ferozes, dançava até desmaiar. A família acudia. Era uma loucura anual e, depois, diária. Em sua coleção de saias, embalava cigarros, copos, fotos, nomes, almíscar e outras quinquilharias. Meu bisavô ganhou a fama de homem zeloso por cuidar da louca como se cuida de um pássaro.

Mamãe e os médicos acham bobagem eu teimar em recorrer a essa história sempre que minha inteligência limitada tenta explicar as mazelas da família.

Minha mãe, por exemplo, é lunática. Tem um arzinho sonso vagaroso. Ela faz macumba também. Mas só conhece uma. É para se separar do dejeto que divide o leito com ela e arrumar homem rico. Meu pai? Morreu e deixou apenas umas heranças de porcelana quebradas. Estelionatário. Vendia terrenos em alto-mar e o diabo. Foi o que ela me contou. Não conheci o meliante. Mamãe me tocou da casa dela para viver com seu atual marido sorumbático. O cara tem alguma doença física, vive se limpando nas cortinas. Mamãe disse que, depois que a macumba funcionar, eu posso retornar como se nada. Mas essa senhora tem ameba no cerebelo? Quem vai querer esse cacho de bananas velho? Às vezes, deixo para lá minhas tendências críticas, me abro para o erro cognitivo da possibilidade de Deus, e torço para que a macumba se realize, mamãe se case com outro e eu possa voltar para o aconchego do meu lar. Enquanto o feitiço não se faz, nem pensar. Mamãe disse que eu atrapalho muito. É que o cara só come salsicha, e eu odeio as suas preferidas, de porco. Ele quebra computadores quando fica irascível, e eu adoro jogar paciência. Ele odeia cigarros, pito tal qual caipora. Ele ama borboletas, eu costuro.

Passo os dias sozinha com meus besouros, e não há vivalma para jogar conversa fora. Fumo um cigarro seguido do outro até chegar a hora do servicinho sujo. A dona da casa bate à porta. Estou disposta para recebê-la: "Entra, Vandercília".

Ela entra como um desafio. Diz que meu quarto tem um cheiro de num sei quê. Pela sua cara enojada, não se trata de um perfume muito sedutor.

Em vez de fungar, passo os olhos pelo lugar e não vejo nada cheirando mal. Ela também espia e sai, decepcionada.

Começo a sentir o cheiro. De barata! É isso! Barata fede a feto putrefato. Deve ter muitas baratas aqui. Decerto se escondem nas extremidades mais recônditas do quarto para cochichar seus planos sórdidos. Adoro massacrar baratas com a sola do sapato. Faz um barulho crocante.

Para o caralho as baratas! Vou é tratar das minhas borboletas. Abro a gaveta de calcinhas e leio meus desejos: quero que José Júnior abandone sua mulher. Desejo que

José Júnior me peça em casamento. Preciso que José Júnior profira um "eu te amo". Rogo para que o amor de José Júnior cresça e doa. Sou mesmo apaixonada por jj?

Que tola e monotônica! Sim, ele é a razão dos meus uis. Sem romance as pessoas se tornam esquecíveis. E o ser humano só não é insuportável numa situação: quando nos apaixonamos por ele. Dizem sempre: vai dar meia hora de cu. Todo mundo sabe que dar o cu é anatomicamente delicioso. Só que meia hora dói mais que esfregar vidro na cara! Mas, para ele, eu dou. Isso se chama amor, e para amor, eu sei, não há sinônimos.

Guardo minhas calcinhas pensando que este homem não reage a macumbas. Sabe-se lá por que raios de caralhos fica orbitando por aqui sem nunca se declarar. Deve ser amor anal ou a macumba só funciona vinte e cinco por cento. Minha falta de teocentrismo me obriga a aceitar a primeira opção. Eu posso não acreditar em nada, mas em macumbas criadas por mim eu me esforço. Mamãe sempre dizia: "Macumba de ateu pega, viu? Um dia pega". Veremos.

Vandercília, a dona da casa, não pode saber dos meus rituais ou serei posta na miséria sem trégua da rua. Ela é santa. Foi aceita como tal pelo povo da vizinhança. Tem visões e faz orações o dia todo. Pessoalmente, pelo telefone, por msn ou por encomenda. Nunca entendi bem a língua que ela fala enquanto ora e movimenta o corpo dançando de cá para lá como um inseto ziguezagueante. Pretendo estudar essa língua num dia de tédio. Usarei o Google como ferramenta. Quando ela fala comigo em línguas, eu tento responder para não parecer mal-educada. Randa manda chébia pra você também!

Aqui é uma casa com muitos cômodos, atapetada, lotada de delicadezas: bibelôs, pedras, pratarias, há um anjo de asas muito grandes para seu corpúsculo. Tenho simpatia por ele. Mas prometi a mim mesma que não afanarei nada, mesmo sem remédios. Tenho medo da polícia.

No quarto de cima há um menino com um segredo terrível, que nunca sai do quarto. No de baixo, uma moça assustada, com medo de que seus parentes morram. Duas venezuelanas um pouco rechonchudas, sei muito bem que as duas são a mesma pessoa. No quarto ao lado do meu, há um menino que tem apenas um par de sapatos. Eu sou a moça com um passado. O lugar, na verdade, não tem cheiro de barata. Tem um cheiro de vidas infelizes de cinema, gosto.

Quando estou no dia par, evito papo com Vandercília. Ela me acusa de ser preguiçosa e afobada. Meu padrasto odiento falava isso, detesto essa ladainha antiga.

Mas, se estou no dia ímpar, converso muito com a Vandercília, porque pretendo desvendar o futuro dos moradores. Ela toma um gole do seu inseparável suco de batata e vai me narrando os desastres que se avizinham na vida de cada um e na vida de todos. Sempre com os olhos quase fechados, com as íris tremendo e cílios cerrados. Gosto dos seus cílios de piaçava. Às vezes, peço para que ela me conte o destino de pessoas desconhecidas. Soube que a vizinha aqui faz parte do conselho do bairro e é fodida-severa, denunciou um macumbeiro por vender objetos de santos malévolos em sua casa. O que é proibido, pois o bairro é residencial. Em resposta, o satanista de Carnaval fez sacrifício com corujas para que a severa pegue um câncer e morra. Bem, se ela não tiver plano de saúde, será levada para o setor de oncologia do hospital e eu saberei se a visão é batata ou balela.

Vandercília garante que só relata a mim suas vidências porque fui escolhida pelo Deus dela. Que sou pura como o gelo, e que meu coração jamais será infectado pelas minhas ideias. Considero brilhantes as revelações e peço para que ela repita isso todos os dias antes de eu ir caminhando para o hospital. Só que, depois que seguro o esfregão, esqueço tudo. Por isso ela deve repetir o mantra todos os dias, sem nunca se cansar entre um gole e outro do seu suco de batata mal-assombrado: "Sim, Lawanda. Seu coração é puro como gelo".

Vandercília tem os olhos enigmáticos. O riso dos dementes, e uma alegria de quem dança na chuva mas não seca o céu. É a negra mais formosa que já presenciei. Tem ancas sexy demais para uma santa. Seu magnetismo impede desconfianças. Por isso a menina assustada ouve calada seus mandamentos e depois vai se debruçar em estudos políticos mundiais, tentando apagar a perseguição da voz do destino. Eu não tenho problemas com isso. Ouço atenta os ensinamentos celestiais e depois me tranco no quarto para fazer macumbas com toda a força do meu verdadeiro coração de pedra-pomes que pensa que pensa.

Aqui no meu quarto, metida entre as paredes de cada dia e de hoje, fiquei espantada comigo mesma! Lawanda, Lawanda! Você tem se saído uma péssima curiosa. Esqueceu a carta do ex-velho cancerígeno? É mesmo: eu respondo de mim pra mim. É isso! Faço uns movimentos ovalares pelo quarto como uma galinha ululante. Procuro a carta e a vejo, como um raio de luz, na minha frente. Que velho caprichoso. Hoje em dia ninguém usa envelopes. Abro o envelope com os dentes, penso que foram criados para serem rasgados dessa maneira. Retiro um papel microscópico, dobrado com esmero muitas vezes. Esse defunto é uma moçoila!

Enfim, leio com a atenção aguda que devemos dar aos mortos:

Sempre fui ao show do Cauby, esperando que ele morresse no palco. Agora ele está no palco e sou eu que morro. Se eu pudesse ir, não usaria peruca. Ele usará.

P.S.: Lawanda, ouça bem o conselho de um homem que está no bico do corvo e jamais perjuraria: suas ideias jamais irão contaminar seu coração puro como o gelo.

Acordo vendo átomos soltos pelo ar. Esfrego os olhos com os punhos fechados e aproveito que estou de moletom para friccionar bem, como se eu pudesse enfiar meus olhos para dentro do buraco.

Abro de novo: piorou, agora estão coloridos. Vá embora, átomo, quem o chamou aqui? Volte agora mesmo para o mundo obscuro das matérias invisíveis.

Levanto cambaleando e mal consigo me sustentar nas pernas. Eletricamente neutra como um átomo. Derrubo objetos. Olhem lá a Lawanda, uma cega mal treinada! É mesmo uma detraquê! Melhor deitar novamente.

Na cama, me debato como um peixe fora do aquário. O despertador faz seu serviço atormentador. Eu poderia estar morta como o velho, e não vivendo essa enfadonhice de cama de meteorito, família disfuncional, cortiço bem-arrumado, hospital, hospital, esfregão, corredor, esfregão, trabalhos escusos, horas infelizes, televisões altas demais, homem casado com uma lacraia na cama, macumba inútil, mortes sem espelhos: breve resumo da merda que, em dias melhores, chamo de vida.

São as pílulas filhas da puta com seus hiperpoderes que preciso tomar antes de dormir. Nunca acordo no horário e nunca vi a manhã mais gorda. Como será o hálito, a cor, o som da manhã? Quem transita pela manhã, para onde vão e por quê? Desconheço. Acordo sempre depois do meio-dia, como se eu tivesse sido violentada por uma gangue de fanfarrões.

Aos poucos, vou recuperando a visão e posso constatar que naquele tropeço deixei cair não um objeto qualquer, mas minha caixa de besouros. Tudo bem, é parte indissociável da acaralhação da vida, como dizem os populares.

Hoje vou trabalhar de pijama. Logo, vamos ver se consigo irritar mais alguém além de mim mesma.

Preciso de um café. Carneiros ficam mais espertos ao comer as folhas e frutos do cafeeiro. Não fico com tanta vivacidade como eles. Só vou acordar de verdade em duas horas, com muito otimismo. Até lá, preciso praticar hobbies de seres zumbificados. Nessas horas, gosto de arrastar chinelos com toda a força que há neste corpo macilento para incomodar os outros moradores da casa. Despenteio ainda mais as madeixas, e alguns fios na cara dão o ar dramático de que preciso. É divertido vê-los me observando. Devem imaginar que acabo de sair de uma quizumba regada a tonéis de absinto e carreiras infindas de pó vindas direto dos anos 1980 em quantidades industriais. Isso mesmo, galera, quanto mais eu cheiro, mais com o diabo me pareço. Sim, andei me divertindo ontem à noite! Um dia eu vou contar para eles a verdade, mostro a bula do meu remédio, e pronto! Terão pena de mim. Não. Péssima ideia. Melhor deixá--los como estão, acreditando nas drogas, invejando minha alegria em noites desperdiçadas. Afinal, quem não inveja os drogados e suas supostas vidas inúteis?

Boa digestão, alegria de espírito, sono distante! Ah, quimeras. Quem não as possui, não é mesmo? Resolvo comer um pão. Mas não tenho. Por isso vou comer o pão de algum morador da casa. Um pão a mais ou a menos não faz muita diferença. Estranho, aqui guardam pães na geladeira. Vou me aproximando e vejo algo que parece bastante absorvente, papéis colados na porta da geladeira. Quem deixou esse recado? Só pode ter sido Vandercília. De repente, ela cria regras para o convívio no lar, escreve e pendura os guias pela casa. Como num jogo de sorte. Me aproximo para ler logo e já ir me acostumando:

Bilhete um: Queridos se for usar a pia favor lavar o que usar na pia e guardar tudo embaixo da pia.

Bilhete dois: Queridos tudo o que tiver fora do lugar da geladeira será jogado fora da geladeira no lixo.

Bilhete três: A primeira prateleira deve conter laticinosprodutos derivados do leite e maionese. Abrindo uma exeção o leite pode continuar na porta da geladeira.

Bilhete quatro: Na segunda prateleira tem que ficar somente as água com o nome do dono anotado na garrafa Sem nome — LIXO.

Bilhete cinco: As outras prateleira é proibido qualquer coisa porque são as minhas coisa.

Bilhete seis: Boça.

Que poesia, não? Há algo de definitivo no bilhete um. Mas o correto seria embaixo ou debaixo? Hum, não sei. O bilhete dois, assim como os outros, é um tanto ameaçador.

O seis me revelou algo engraçado. Não sabia que "bola" se escrevia com cê-cedilha.

Já sei. Vou comprar um frigobar com urgência. É importante que ele seja vermelho. Até porque algumas macumbas precisam de refrigeração, e estão apodrecendo lentamente no meu armário. Não vou realizar o sonho de mamãe de poupar os quinhentos dinheiros por mês até segurar nas mãos a chave da casa própria e sorrir para um flash instantâneo de câmera digital. Uma pena. O frigobar que eu quero custa o dobro do meu salário. Nessas horas me pergunto: por que não o bordel?

Preciso me esforçar mais, ser uma boa faxineira, a melhor de todas, conquistar a confiança dos pacientes para que eles se tornem meus clientes nos lances escusos.

Saio da cozinha planejando minha compra e esqueço de comer o pão. Devo me lembrar de adicionar no meu balanço elegíaco essa nova tragédia.

José Júnior vai entrando sem bater com flores frescas na mão e as atira no meu colo:

— Eu te amo!

— Jura?

— Eu, sim. Amo como se deve amar, desesperadamente.

Me beija em todos os cantos do rosto. Com a boca um pouco aberta demais. O que eu considero uma falha. Quando espalham gotículas de baba em mim, perco o interesse pelas pessoas. E não seria legal nesse caso. Nunca espero a pessoa sumir para limpar o rosto, como agora que esfrego a ponta da camiseta nas bochechas. Das flores gostei pouco. Não estão esturricadas.

Ele repete, trovejando:

— Eu te amo!

Bom, vejo que minha macumba funcionou. Assisto a boca de José Júnior mexendo e soltando frases calorosas. Me distancio para outra dimensão. Se a minha macumba funciona, há chances de mamãe também vencer. Que bom!

Poderei voltar para casa. Largarei o emprego no hospital. Não precisarei mais do dinheiro que minha tia deposita e, assim, não terei de dar satisfações a respeito dos remédios e do uso indevido da mesada.

Mas e os besouros? Não posso abandonar o hospital. Tenho um trato com Eliezer. Quatro besouros por mês, todos gordinhos e ranzinzas. Bom, depois penso nisso. Agora vou voltar para José Júnior e ver o que caralhos ele está tagarelando disparado.

— Eu te amo, Lawanda! Te amo! Te amo, porra! Me separo daquela mulher. Na verdade, já me separei. Vamos viajar para Nova York! Já comprei as passagens. Arrume suas malas.

— Não vou. Não gosto desse negócio de as ruas terem nome de delegacia. Vigésima quarta. Quadragésima primeira. Sabe que não temo nada, só a polícia.

— Então vamos para o Rio de Janeiro. Compro agora as passagens.

— Sabe, José Júnior, um dia comprei um sanduíche no Rio de Janeiro e não veio.

— Só por isso?

— Também não me agradam as cariocas, José Júnior. Elas andam sem dobrar os joelhos. A cada passo que dão, empurram os ossos para dentro. Parecem bonecas de madeira.

Vandercília me aparece com uma novidade! Uma gargantilha dourada com o maior pingente jamais visto dantes: chaves. Diz que minha tia ordenou que eu andasse com as duas chaves, a do portão e a do quarto, penduradas no pescoço para não perder mais.

— Mas a gargantilha é muito pequena, Vandercília, como vou andar com isso por aí? Arrume um colar maior, sei lá, qualquer merda, pode até ser um barbante, mas que eu possa esconder dentro da blusa, pelo menos.

— Nada disso, sua tia quer que fique à vista de todos. Ou vai acabar perdendo de novo. São ordens dela.

Muito inteligente! Até parece que não vou arrancar assim que sair pela porta da rua.

— Ah, e nem pense em arrancar assim que sair daqui, o.k.? Já liguei no hospital e avisei a sua chefe.

Ela vira de costas e vai saindo. Grito:

— E o dourado da gargantilha não combina com o prateado das chaves!

Droga! Maldita cota para deficientes! O hospital recebe conselhos dos familiares sobre como lidar conosco.

Fique sabendo, Lucrécia, que não tenho família. Essa tia aí é só uma rica religiosa que resolveu pagar meu quarto como dízimo para Vandercília, a santa! É um negócio das duas, entendeu? A doença delas se chama verdade religiosa e culpa cristã! Mas essa Lucrécia não tem a menor empatia com a alma humana? Todos vão rir de mim quando eu aparecer com essa gargantilha grudada no pescoço como uma coleira. Vão rir na cara e fazer comentários por trás! Bem que podia ser um barbante.

— Limpe o quarto 307.

— Pó de chá, Lucréééériaa.

Gosto de falar um Lucréééériaa assim bem arrastado. Cada vez que a chamo, coloco um "é" a mais. Chateia e não há motivos suficientes para uma demissão.

Caminho pelo corredor em direção ao quarto 307 com minha cabeça balançando de tantas ideias. Merda. Não suporto nada balançando em mim a não ser os seios. Eu deveria ter deixado meu cérebro em casa. Afinal, não preciso dele para realizar esse trabalho. As chaves balançam também, já me acostumei com o tilintar.

Chego no quarto em que duas pacientes ginecológicas e uma grávida estão alojadas. Gosto de conversar com grávidas, são todas meio sonsas:

— Está grávida de quem?

— Do meu marido!

— E por acaso ele cabe dentro de você? Não me engane, tá bem? Você não está grávida do seu marido. Mas do seu filho. Portanto, agora que você já sabe das coisas, vamos retomar do início: você está grávida de quem?

Ela fica contente com o ensinamento:

— Minha filha ainda não tem nome. É menina!

— Bom, escolha um que não seja pequeno e que represente algo.

— Flora?

— Pequeno.

Ela pensa uns três segundos. Finalmente:

— Estrela?

— É muito poético! Mas está aprovado. Tem mais sílabas que Flora. E também vai ser interessante quando as amiguinhas falarem dela: "Mãe, vou almoçar na casa da Estrela", "A Estrela me deu um presente". É uma poesia meio meia-boca. Gosto.

A moça me fita com os olhos fundos de tristeza:

— Se ela sobreviver, né? Estou aqui me tratando para isso.

Encolho os ombros e faço cara de quem acaba de cometer uma imensa cagada.

Bom, vou me ocupar das outras pacientes.

A loira tem gonorreia. E a outra ruivinha ali no canto? Deixa eu ver seu prontuário. Passo os olhos ágeis na folha para que ela não perceba.

Preciso saber o mal que acomete todos os pacientes antes de limpar. É só por esporte, mas ela não iria entender. Ah, sim. Eis o famigerado herpes genital. Significa que sofre de erosão. É o nome que os médicos dão às feridas que parecem cogumelos mastigados nas pontas. A moça me flagra. Coloco o papel no envelope de plástico grudado na maca e finjo que não fui eu.

— Por que fez isso?

— Não por mal. Só para ler mesmo. É o hábito da leitura.

— Sei. Hábito inconsequente esse.

Não discuto. Tento ser simpática:

— Faço trabalhos aqui depois das onze. Se é que me entende. Quer algum refrigerante? Talvez uma batata de saco? Sair desse sarcófago e assistir a um show não seria má ideia.

— ...

— O que me diz?

— Meu namorado. Quero que ele venha me visitar de madrugada. Estou há oito dias sem sexo vaginal.

— Mas isso é um disparate no seu caso ginecológico. Ademais, entrar aqui clandestinamente não é tão simples como uma tarde no circo. Mais fácil sair, viu? Não prefere visitá-lo?

A moça pensa um pouco, e depois:

— Olha, sempre vamos a motéis. Prefiro que ele venha até aqui. Estou muito preguiçosa hoje.

Concordei de imediato, em cumplicidade:

— São os remédios. — Meio desenxabida, continuei: — Mas, enfim, não posso. Só doces e fugas mesmo. Que já tenho experiência.

— Pago bem!

A moça tirou do bolso um bolo de dinheiro bem pesado. Fiquei curiosa:

— Quanto tem aí?

Ela me desafiou:

— Adivinha!

Essa aí é das minhas.

— Duzentos?

Ela gritou:

— Mais!

— Quatrocentos!

— Mais!

— Mil cento e três dinheiros!

— Bravo. Como acertou?

Simples. Tudo é sempre tão simples. É o preço de um frigobar.

— Combinado. Diga para ele chegar às onze na porta de saída de dejetos.

Ela estendeu o bolo de notas. Me distanciei um pouco:

— Não se apresse. Pagamento após resultado.

— Posso te fazer uma pergunta agora?

Faço que sim com a cabeça.

— Para que essas chaves na sua gargantilha?

Gosto de dialogar bastante com uma pessoa e, de repente, ignorar sua última pergunta. Depois, ficar um longo tempo em silêncio no mesmo ambiente que ela. Dá uma leve sensação de desconforto.

Agora preciso pensar nos meus atribulados últimos dias enquanto limpo esse chão caixão de bactérias.

Gostava do José Júnior porque ele dizia: "Nããão, querida". Com os olhos de pisca-pisca de cílios quilométricos. Sempre: "Nããão, querida. Não devo me separar", "Nããão, querida, não posso cabular o jantar com as tias". Eu gostava só dessa coisa muito bonita: "Nããão, querida". Pelo jeito agora ele vai ficar dizendo: "Sim, querida" para os meus mais mundanos desejos. E não sei se isso me agrada. Também me lembro dos beijos gosmentos que ele metralhou nas minhas bochechas. Gosto de homens econômicos com saliva. Bom, tem o sexo anal, que é sempre surpreendente.

Mas, agora que ele me ama, o cu, que é a melhor parte, será apenas um brinde. Apaixonados sofrem desse mal. E aqueles "eu te amos" derramados? Por que as pessoas falam tanto essa frase? Não convence um molusco. É a piada mais contada pelos homens comuns, esses sedutores irremediáveis. E também é a piada mais antiga contada pelas mulheres comuns, que se entregam à frivolidade de amar e se preocupam com a terrível frivolidade de não amar. Não combina comigo.

Quer saber? Foda-se essas chaves! Puxo com bastante força até estourar a gargantilha. Nem preciso dizer que acabei machucando minha nuca. Sai sangue e arde como o Juízo Final. Foda-se também! Essa bandeira estandarteando a todos minha loucura vai para o lixo, independente das consequências.

Lawanda, aquela que perdeu as chaves, a carteira, o relógio. Tudo, menos a razão.

Minha tia, a vítima em questão, paga o dízimo para Vandercília rezar por ela e um adicional pelo meu quarto. E as duas monstras ficam arquitetando planos mirabolantes para desconfigurar minha imagem. O único remédio do miserável é a esperança — lembrei! Se minha macumba funcionou, a de mamãe há de lograr e voltarei para casa. O marido sorumbático dela vai arrumar as coisas dele e sair de lá. Terá de se limpar em outras cortinas! Prefiro a casa de mamãe. Ela não fala muito comigo, não fica feliz em dar ordens ou controlar minhas medicações. Como não compra muita comida, a geladeira está sempre vazia. Às vezes, ela fala sozinha e só depois percebe que estou ali, rindo de seus devaneios. "Ah, você está aí, nem percebi." Responde errado a todas as perguntas. Sempre conta histórias que nunca começam com "Era uma bela tarde" e geralmente terminam com "Encosta na parede". Mamãe tem o rosto remoto. E minha vida era menos falida ao lado dela.

Tenho a impressão de correr para trás e me recordo dos pedidos que grafei nas asas das borboletas. Estão lá como prova da minha insanidade. Vou resolver isso quando chegar em casa. Fazer uma macumba que anule a anterior.

E o velho, hein? Morreu e deixou aquela carta para mim... Não tinha filhos, vizinhos, inimigos a quem escrever? É uma espécie de visionário também ou o quê? Essa gente brota espontâneo. Tem vidência em todos os cantos, até gratuita. Há a possibilidade de ele conhecer a Vandercília, também. Ela falou para ele, com seu olhar magnético e voz de alma penada: "Confirme a Lawanda que seu coração de pedra-pomes é na verdade blá-blá-blá". Muito improvável. Onde e por qual motivo torpe se encontravam? Se bem que as pessoas estão por aí, trombando umas com as outras a todo momento. O que se há de fazer? Eles eram amantes! Ah, descobri tudo! Esse papo de santidade é só cartaz dela para angariar o respeito da vizinhança. Eram amantes e ele lhe arregaçava as partes. Ela tem mesmo uma carinha de quem faz pompoarismo com uvas. Eu não faço. Perco a hora do trabalho e cansa as partes fudendas.

Achei bom mesmo não ter ido com o velho traquinas ao show do Cauby. Seria a experiência mais monótona da minha malfadada existência.

Eu sentaria com ele nas cadeirinhas em frente ao palco e tentaria suportar. Inútil. Colocaria fones de ouvido para escutar melodias melhores no rádio. Mas a contribuição sonora de Cauby me causaria grande angústia. Daí eu teria de tomar uma dose dupla dos meus soníferos. Dormiria e deixaria o velho abandonado ao próprio azar no bar. O show passaria, as faxineiras varreriam o chão infecto. Os garçons iriam para casa comer suas respectivas mulheres. E o velho lá, assistindo meu rosto desligado. Sem remédios e aqueles tubos todos, estaria morto quando eu despertasse. Oh! Pobre velho, morreria de qualquer maneira. Bom, em todo o caso, me agrada pensar que foi melhor assim.

De repente, me dou conta de que estou perdida em meus devaneios. Já limpei o mesmo quarto três vezes. Quem diria, Lawanda? Quanto preciosismo! Preciso ir até a sala de produtos de limpeza resgatar dois litros de desinfetante e uma enorme corrente para me pendurar no lustre. Nada disso. Hoje não. A macumba de mamãe vai funcionar!

Ando pelo corredor fazendo carinho no corrimão, bem devagar, como se ele fosse um bicho manso. Essas pequenas atitudes me livram do trabalho pesado por algum tempo. Também vou muito ao banheiro durante o expediente. Digo que tenho incontinência fecal. Tipo de problema indiscutível.

Fico deitada no chão, lendo, conversando com azulejos, às vezes eu lagrimejo. Daí devolvo as lágrimas para dentro dos olhos. É fácil, elas são equilibristas por natureza, é só usar a ponta dos dedos para devolver e as pálpebras para selar. Os olhos recebem, agradecidos. É bom lambê-las e ficar saboreando na língua, antes de engolir. Lembro de pequenas idiotices...

Se não estou triste no dia, é um esforço danado para chorar. Mas, na maioria das vezes, é só lembrar da cara do velho e zás-trás.

— Tá fazendo o que nesse corrimão, menina? Volta pra

Terra! Olha quanta gente doente nesse corredor, quanto serviço te esperando, e você aí, voando!

É a Zaleriea. Uma das faxineiras que faz turno comigo. Também está aqui graças às cotas para deficientes. Sua perna esquerda é paralisada. Mas eu nunca disse isso a ela.

Chegou o momento:

— Verdade, Zaleriea. Me distraí aqui. Sabe o que eu estive pensando esse tempo todo? Que, ao contrário de você, vou pular de alegria assim que acabar o turno.

Ela, toda semifofa-exagerada, com sua cara de pamonha mal amarrada, me olha como quem vai ter uma explosão em alguns frames. Seu corpo se move de forma involuntária em minha direção. Saio correndo e gargalhando o mais alto que minhas cordas vocais conseguem. O riso faz trepidar as paredes do hospital. Os doentes param seus gemidos e reclamos e assistem, incrédulos, ao meu espetáculo.

— Por que riu daquele jeito, Lawanda?

Vou lambendo meu anel e tirando rápido da boca, balanço um pouco e meto de novo entre os dentes. Olho para Lucrécia e imagino meu pai, o estelionatário, será que ria muito? Será que herdei isso dele? Gosto de estelionatários, são os lúdicos do capitalismo.

Tiro o anel da boca e o balanço no ar.

— Sabe, Lucrécia, ri porque recebi uma notícia feliz.

Ela desconfia:

— Posso saber qual?

— Vou voltar para a casa da minha mãe, onde tem uma geladeira vazia e muito silêncio.

— Ótimo. Mas se controle. Risos escandalosos não combinam com o clima de um hospital.

Ah, muito bem. Mais essa. Vou passar o esfregão me contorcendo de dor e com olhos de miserável, urgindo para que uma vivalma tenha pena de mim e com a ajuda de umas gazes me socorra do naufrágio.

— Onde estão as chaves que deveriam estar no seu pescoço?

— Joguei fora. Não preciso mais delas.

— Claro. Vai voltar para a casa de sua mãe. Então trate de fazer as cópias das chaves de lá e pendurar na gargantilha. Agora vá limpar o quarto 607. O paciente derramou líquido no chão.

Não vou. Prefiro ficar olhando para sua cara nefasta!

— Sim. Agora mesmo! — Tento sorrir e fracasso.

Lawanda, Lawanda. Um dia ela te pega, te come as vísceras mais grossas, a monstra número três desta história.

Não vou. O paciente que se vire. Ou derrape no líquido que derramou, se espatife e fique mais uns dias aqui dando jeito no estrago. É hora do sexo da mocinha. Coitada, não dá há oito dias. Deve estar com comichão na xana. Ah, sim. Vai ser lindo ele metendo o pau no meio das feridas. Vou ficar atrás da porta ouvindo a gritaria.

— Deixe ele entrar, Gerval. É o homem dos germes.

— Germes?

— Sim, Gerval, germes. Teve um surto deles ontem. Este é o homem que vai matá-los, tem produtos especiais. Os nossos não são suficientes. É perigoso para os pacientes, e também para nós.

Gerval se contorce:

— Credo.

— Abre logo.

Gerval aperta o botão vermelho que faz abrir a porta de saída dos dejetos. Vejo o namorado da moça do 307.

Ele vai entrando com a maior cara de pacóvio que já presenciei. Poxa, pelo menos faz uma cara de quem veio erradicar pestes! Não, fica ziguezagueando o rosto como uma biruta de posto.

O Gerval é um bom rapaz, não vai desconfiar. Quem tem coração tem tudo.

No elevador, o cara continua balançando a cabeça. Será que é sustentada por molas? Bom, agora já está aqui dentro.

Chegamos ao andar em que a infectada espera pelo falo abrasador de seu amante. Vai lá, come ela e bota esforço. Quero ficar aqui na porta, gargalhando bem alto até a chefona perguntar: "Por que ri desse jeito?". Sabe, Lucrécia, é que tem um cara aí dentro fodendo uma ferida! Ha-ha-ha.

Indico a entrada para ele:

— Entre, é aqui. Ela está esperando.

Ele não se manifesta. Estalo os dedos na frente dos seus olhos:

— É aqui!

Ele sente medo. Eu sei. Sinto cheiro de medo.

— Algum problema, querido?

— Não, é que... Não tem outras pessoas aí?

— Tem uma garota. A das gonorreias. Mas está tarjada. Me ocupei disso. A grávida que estava aqui ontem foi embora, perdeu o bebê.

— Ah, tá!

— E então, vai entrar ou não?

— Vou.

Ele respira fundo e entra, como se estivesse mergulhando num incêndio. Ah, uma pena, não vou poder ficar para a carnificina. Tenho desafazeres. A macumba do J. Júnior. É triste quando temos nossa vida para cuidar e perdemos a dos outros.

Liquid Paper nas borboletas! Vou passando o pincel de tinta branca por cima das frases microscópicas. Aos poucos, as letras azuis escritas sobre essas asas assanhadas vão ganhando um borrão irregular. Alguém sabe usar Liquid Paper com perfeição? Devia ter consultado um artista plástico. O mundo está cheio deles e eles estão cheios de tempo para isso.

Deixa pra lá, eu mesma vou fazendo o trabalho. Demora um pouco, como tudo o que vale a pena nessa vida! Eram muitos desejos. Todos de amor boboca para José Júnior, o enamorado. E elas têm duas asas, como todos já sabem. Tirando a rosa, que acabou perdendo uma parte da asa esquerda. Acho que mordeu de ânsia tentando se libertar do pote de maionese. Oh, vida de merda, não? E o casal no silêncio gelado do hospital? Devem estar mais animados que esses bichinhos mortos.

Pronto! Agora é só tirar uma foto com o celular e mandar para José Júnior. Bendita evolução humana e seus aparelhos. Me ajudam muito nas macumbas.

Assim que José Júnior vir a foto, o efeito passará. É o que garantem os macumbeiros profissionais.

Enviando... Enviando... Sua mensagem foi enviada! Ótimo. Agora é só esperar ele voltar para aquela mulher-sem-pecado e já posso partir pra outro.

Como será meu novo amor? Quero que tenha muitos cabelos. Será que ele vai gostar de conhecer meus besouros mais intimamente? Vou agora mesmo abrir a caixa dos gordos e escolher o mais casmurro para presenteá-lo. Aí, o Pitágoras! É tão perfeito. Parece de cera. Suas antenas às vezes ficam empoeiradas. Por isso tenho que limpar com os dedos, num movimento bem delicado. Isso. Agora ele está pronto para viver com meu novo homem. Espero que esse não babe na minha bochecha. Que venha sem bafo de sono ou de pasta dentifrícia. Ou vou precisar fazer essas macumbas retroativas outra vez.

Opa! Batidas na porta! Escondo a caixa na gaveta e me agacho para fingir que faço exercícios. Grito:

— Eeentra!

Vandercília entra, grave. Em volta dos seus olhos está mais plissado hoje.

— Que foi, Vandercília? Aconteceu alguma...

— Onde estão suas chaves? A venezuelana me confessou que teve que abrir o portão para você!

— Fui agredida na rua. Roubaram. Me atacaram. Por pouco não me estupr...

— Menina, que horror!

Adoro quando as pessoas falam "que horror". E elas falam pra tudo. Se estão com unha do pé encravada: que horror. Se são espancadas a murros: que horror. Acabou a luz: que horror. Estudar para o vestibular: que horror. Urinar no mato: que horror. Isso se chama: impossibilidade de atingir qualquer singularidade. Que horror!

— Pois é. Foi apavorante! Agora mesmo estou aqui agachada porque não posso me movimentar.

— Ah, não. Vou orar para você já! Nan Lingu Pica Dur Randin Mucheton du Serten...

— Amém. Mas depois, Vandercília. Agora preciso de outra coisa mais urgente.

— Diga logo! O que é?

— Um pão. Estava justo indo até a padaria quando ocorreu esse, esse... horror!

— Ah, mas isso é pra já.

Pois é. Esqueci de pegar meu pagamento com a menina dos herpes. Não tenho um puto e venho me alimentando de nicotina o dia todo. A fome se anuncia: se eu não engolir um pão, vou desmaiar de verdade dentro de dez minutos.

Tá ruim ficar nessa posição. Acho que vou me jogar na cama. Vandercília não há de desconfiar de nada.

Barulhinho de mensagem. Deixa eu ir até o celular me arrastando. Assim, se Vandercília chegar com o pão, achará natural.

É do José Júnior, claro.

"Não entendi nada. Essas fotos de borboletas pintadas significam alguma coisa? Bom, eu te amo. E o amor é importante."

Responder.

"Não, José Júnior. Importante é saneamento básico."

Enviar.

Enquanto limpo a sala de medicação, ouço atenta a conversa de dois médicos.

Um deles revela: "A garota do quarto 307 piorou muito do herpes na região genital. Pode ter graves complicações neurológicas. Apresenta nucleocapsídeo de simetria icosaédrica e envelope bilipídico. Tem a propriedade de infectar de forma destrutiva alguns tipos de célula".

Essa informação bateu em mim como um chicote. Larguei o esfregão de qualquer jeito e corri para saber seu estado. E, claro, para cobrar o meu cachê pelo extra.

Entro no quarto devagar:

— Soube que você vai ficar mais um tempo por aqui.

Ela bufa. Suas narinas estão nervosas, abrem e fecham muitas vezes por segundo:

— Vá tratar das suas chaves de pescoço!

— Antes, quero receber pelo extra.

Ela pega o bolo de dinheiro e joga pelo ar, para me humilhar. Fico maravilhada com notas voando. Mas jamais havia assistido ao espetáculo ao vivo, só no cinema. Dá certo como na ficção: as notas levitam no ar e vão, aos poucos, pousando no chão. Recolho o dinheiro sem nenhuma reação negativa no rosto, digo:

— Estou feliz por você. Alcançou seu objetivo. Ficar arregaçada.

Ela lança um grito agudo para mim. Se debate de ódio e necessidade de vingança. Malditos Deuses Todos, é nessa hora que vos pergunto: por que não o bordel?

Deixa ela pra lá, deve ser sintoma da noite anterior. Foda mal dada é um perigo para o humor.

Gostaria de ser possuída pelo espírito dançante de Uãr-di. E bailar pelos corredores do hospital com o furor cego de uma possuída. Os pacientes atirariam notas graúdas de cinquenta pelo ar. Não para me humilhar, mas como um agradecimento pelo glamouroso espetáculo.

Tenho, por instinto, vontade de diminuir a dor dessas vidas estragadas. Deve ser meu coração de pedra-pomes puro como o gelo e outrosceteras.

Mas hoje não. São apenas oito horas e preciso sair mais cedo. Agora, no caso. Quando tenho dinheiro, não me dá vontade de trabalhar. Mas de sair gastando como se viver fosse de graça. Vou investir num frigobar toda a grana que a dos herpes me pagou. Tem uma loja de eletrodomésticos que fica aberta até as nove. Se eu for de táxi, posso chegar no horário. Antes, porém, preciso de uma desculpa razoável para abandonar o esfregão. Não vou pensar em nada. Assim que eu encontrar Lucrécia, vai brotar a mentira!

Olha lá ela vindo com sua pose de rainha do Butão,

toda faceira na corte teatral dos Himalaias, encravada entre a China, sem norte ou oeste, e intrigada com a Índia, sem leste nem sul. Capitalizando o Thimphu. E metida, ninguém sabe por quê, num uniforme de fiscal de limpeza.

A frase saiu pronta:

— Lucrécia, minha mãe telefonou, quer que eu vá até minha ex e futura casa analisar se cabe uma cama nova lá. Como me mudo amanhã, preciso ir agora. A loja de eletros que também vende camas está toda em promoção. Fecha às nove.

— Anda atendendo o celular durante o expediente, Lawanda?

— Sim. Mas chego todos os dias no horário. Como combinamos.

— E sua vida ficou mais infeliz por isso?

— Não, Lucrécia, tem sido uma semana agradável e com notícias estupendas. Para mim e para o resto do mundo. Parece que a economia mundial se estabilizou. A Mata Atlântica, por exemplo, recuperou grande parte de sua flora depredada. Tudo assim, do dia pra noite. Li nos jornais. Até no Oriente os ânimos exaltados se acalmaram. Aqui mesmo, no hospital, não vi nenhum paciente com a cabeça rachada no meio. Você tinha razão.

— Muito bem. Não é bom ouvir conselhos e respeitar as ordens?

— Sim. Fico contente de poder receber conselhos e ordens vindos de você.

Finalmente ela se declara:

— Também tenho simpatia por você, Lawanda.

— Obrigada por me chamar assim. Não gosto de Wanda. É muito pequeno e não quer dizer nada.

— Como quiser. Agora pode ir ver sua nova cama. Amanhã, às dezoito!

Saio correndo e tenho uma ligeira vontade de me trocar no meio do corredor. Mas seria inapropriado. Gosto de me comportar assim. Uma espécie de súdita que aguenta deleitosa as ordens de sua rainha.

Mas que pavor deste avental que uso para fazer a limpeza! Sou muito mais bonita que ele. Por isso customizei, com botões coloridos e fitinhas pretas de cetim. Ninguém resmungou até agora. Sabem que fica melhor assim do que apenas o azul tedioso e sem estampas. Parece a roupa de um anjo que perdeu as asas.

No banheiro de empregados, me enfio dentro do meu vestido modelado na perfeição. Comprei num brechó baratinho. Tenho olho bom para roupas. É uma das minhas qualidades. Além de dar o cu com bravura e criar as macumbas, claro.

Vou embora pela porta dos fundos. Ela serve de saída para ambos: dejetos e funcionários. Sempre tenho a impressão de que os porteiros não vão me reconhecer, tamanha a beleza que exibo arrumada. Sou a própria graça! Minhas mãos! Meus pés! Deuses Malditos Todos! Meus pés são desonestos, de tão lindos! Cabelos portenhos! O que mais elogiam em *repeat*: os meus olhos de gueixa. Ninguém sabe, mas eu puxava os olhos até doer e colava adesivos. Minha mãe diz que não tem nada a ver com a minha tática. Diz que tenho os olhos puxados do meu pai. O facínora. Mas não pude conferir, porque nunca o vi e mamãe botou fogo nas fotos. Minha avó dizia que meus olhos são grandes porque, na infância, eu tomei um susto e eles ficaram assim pra sempre.

Zaleriea está parada em frente à sorveteria sorvendo

um geladinho. Tenho pena dele. Não queria estar no seu lugar, dentro dessa boca ruidosa. Ela sempre faz isso na hora do descanso. Eu vou até a outra esquina, tem uma sorveteria melhor. Mas, como ela é deficiente da perna, não conseguiria. Tudo bem, perdoo, nesse caso. Já que não se trata de mau gosto.

— Saindo mais cedo, Lawanda?

— Pois é. Sou a queridinha de Lucrécia agora. E pode invejar à vontade.

Ela deu de ombros:

— Nem aí...

Depois respirou, como quem vai falar mais alguma coisa. E falou mesmo:

— Escuta, Lawanda, por que você vai pra casa todos os dias a pé? Não ganha vale-ônibus?

— É que, sabe, Zaleriea, meu submarino só sabe espiar.

Vou embora e ela continua sorvendo com os nervos o geladinho, encostada na parede com sua inseparável perninha inutilizada e humor de ostra.

Soube pelo segurança noturno que ela tem um namorado gago. Imagino ela tropeçando nas pernas e ele no verbo, simultaneamente. O amor é mesmo um fenômeno indizível, não?

Bom, mal sabe ela que, enquanto ela se entende com o esfregão, hoje vou de táxi para uma loja comprar um esplendoroso frigobar vermelho modelo vintage última geração.

Chego em casa acompanhada do homem que faz o serviço de frete grátis. Ele tira meu novo frigobar do caminhão, tenho medo que ele deixe cair e minha aquisição se quebre em pedaços. Mas, aí, a culpa será dele. Cada um com os seus infortúnios, não é mesmo? Terão de me dar um novinho e jogarão as partes quebradas desse aí em algum lugar remoto.

Ele consegue sem grandes tumultos. Põe no chão e diz:

— Os pés do frigobar são antiderrapantes. Posso levar para dentro?

Estou ululosa. Tenho dezenove anos e um frigobar, uma coleção de besouros, um biquíni de amarrar, um lápis de olho vermelhão. Enfim, coisas fundamentais para minha sobrevivência.

Hoje estou gostando bastante do meu trabalho. Principalmente porque deveria estar lá e não estou.

Vandercília corre como se fugisse de um incêndio e vem espiar minha compra.

— O que é isso, menina?

— Um frigobar!

— É muito caro! Foi gastar todo o seu salário com ele?

O entregador se retrai e faz uma cara de quem se sente culpado.

— Negativo. Foi José Júnior que me deu!

— Receber presente de homem casado não é de Deus!

O entregador olha para o lado, fazendo que não ouviu.

— Relaxa, Vandercília, ele se separou. Vamos para o Rio de Janeiro comemorar.

Ela faz uma expressão de funda decepção:

— De qualquer forma, ele não pode ficar nessa casa. Puxa muita luz.

— Pagarei um adicional.

— E onde pretende colocar?

— No meu quarto. Pelo menos até o momento não pensei em outro lugar para ele. Afinal, eu ganhei. Ele deve ficar em minha companhia.

— No seu quarto não cabe!

— Tire o sofá, não preciso de um sofá. Já tem a cama de meteorito.

— Mas as visitas não devem sentar na sua cama, Lawanda. Já disse que espalha a energia negativa da serpente, o espírito da prostituição. Depois você reclama de pesadelos.

Ontem mesmo sonhei que transava com o velho, último morto da minha história. Que estupidez atribuir isso a visitas. Nunca recebi ninguém além do José Júnior. Tenho pesadelos por conta do delírio persecutório. Vou dar a bula do meu remédio pra ela ler. Se sua mente deletéria for capaz de entender.

O homem faz uma cara de quem se pergunta o que está fazendo nesta situação.

Ela ordena:

— Diga a ele para pôr na cozinha!

— Ele ouviu! Mas repito: Moço, ponha na cozinha, tá? É provisório. Depois vejo um lugar melhor.

Vandercília fica roxinha de nervoso:

— Nada disso. Ficará na cozinha. É definitivo! Para os outros moradores usarem também. Aqui é uma casa de Deus. Temos que compartilhar tudo! Sua tia não vai gostar de saber dessa sua atitude de egoísmo! Solidariedade é a regra da casa!

O homem me fita com uma dó doída. Também sinto pena dele, vendo-o se colocar na minha situação. Para aliviar seu pesar, falo bem alto:

— Isso mesmo! Onde eu ando com a cabeça? Estou muito feliz de poder ajudar meus colegas. Temos de compartilhar tudo! Tudo!

Meus besouros jamais! Penso em dizer, mas me freio.

O homem sorri para mim, aliviado. Funcionou. Sou muito loquaz em momentos desagradáveis.

Compartilhar tudo. Engraçado. Não tenho nada de valor além do frigobar! Só coisas que amo, como os besouros. Se minha conta estiver exata, o dinheiro que pago nos besouros daria para comprar um frigobar em seis anos. Fico imaginando ele aqui no meu quarto, com seus pés antiderrapantes de metal. O ambiente estaria mais bonito, porque ele combina bem com os pôsteres de literatura que achei no lixo de um museu e pendurei nas paredes. Todos têm frases escritas em russo. Por isso não faço ideia do que está escrito neles.

Meu novo amante bem que poderia falar russo fluente.

Assim ele me diria de quem são os escritos. Não me importo. Por enquanto, estou decidida a admirar, mesmo sem entender. Gosto dos escritores, eles não têm culpa dos seus delírios. Estou com saudades do frigobar. Bem, uma visitinha não custa nada.

Como não poderia deixar de ser, meu belo e vermelhíssimo frigobar está ao lado da geladeira feia e com o cabo pendurado até a tomada. Tsc, tsc. Muito alta. Pode arrebentar. Abri a portinhola. Lotado! Comidas velhas, frutas podres, embalagens abertas de leite, com o líquido derramando e um cheiro de rebotalho.

Vandercília vai até ele com os papéis das regras para prender com o ímã. Faz. Os papéis caem diante de nosso olhar. Um de cada vez. O ímã não suportou o peso. Isso, frigobar, não aceite as regras! Não seja omisso e mostre quem aqui manda em você.

Preciso lavar roupa. Mas acabo não lavando nunca. Aqui tem máquina e o escambau. O que falta é valentia!

Às vezes uso a mesma peça várias vezes no mês e fico cheirando como se estivesse morta. As roupas se acumulam no cesto que fica ao lado da cama de meteorito. Não há outro lugar para ele. Se houvesse, eu ficaria satisfeita. Não gosto de olhar para a pilha ameaçadora. Parece que as roupas sabem falar, mesmo estando pobres e zumbificadas. E tenho preguiça só de me imaginar na função da lavação. Dessa maneira, a pilha vai crescendo até o armário virar um buraco vazio.

Me parece que lavar roupa rouba a vida ou coisa que o valha. Mas hoje decidi resolver essa questão. Coragem, Lawanda, você consegue! Já fez isso outras vezes e não foi tão traumatizante! Vá agora mesmo até o telefone e dê fim a este tormento.

— Alô? José Júnior? Viu, estava aqui pensando em te encontrar. Quem sabe você não passa aqui em casa hoje e lava uma imensidão de roupas, hein? Posso te fazer companhia, e será deveras divertido!

Eu? Lavar roupa? Ha! Mais fácil saci cruzar as pernas! É claro que ele topou na hora. Faz até chacina com AK-47 em porta de escolinha infantil se eu pedir. E, somando tudo, o que há de errado em lavar umas simples roupinhas?

— Ei, Xosé Xúnior, já pensou em aprender russo?

— Não. Vamos transar em cima da máquina com ela ligada?

— Que ideia maluca, varão!

— Antes você gostava.

— Antes eu gostava de muitas coisas que não me atraem mais. Pronto.

— Mas a última vez foi há três dias!

Grito baixo:

— José Júnior, saiba que eu me transformei, ouviu? Resolvi ouvir a Vandercília e ser uma santa também. Ela me garantiu que nasci predestinada. Até hoje, só andei na contramão da minha missão.

Ele fala pontuando as letras:

— O. Q.U.Ê.?

Vou tendo novas ideias instantaneamente:

— Isso mesmo. E já me inscrevi no coral da igreja em que Vandercília dá aula. Serei cantora e levarei a mensagem dos céus para todos os homens e mulheres e crianças e animais e seres inanimados que cruzarem meu caminho abençoado. Por MSN, ao vivo e pelo telefone!

— Isso é um absurdo! É a coisa mais sem sentido que já ouvi você falar até hoje. De todas as suas maluquices, taí a pior. Sua loucura atingiu um alto grau de superioridade. Precisamos te internar. De novo!

— Só se for na casa do Senhor, José Júnior. Não preciso nem quero mais foder pra crer. Agora cala essa boca e lava essa maldita roupa suja!

— Opa! Uma santa não fala nesses termos!

— Oh, perdão. Ainda estou me acostumando.

Sentada na beirada da janela, fico observando com os olhos fixos a máquina girar. José Júnior me atrapalha:

— Ei. Por que está olhando assim para a máquina? Parece uma fanática.

— Estou pedindo a Deus que faça essa roupa ser lavada o mais rápido possível. Preciso orar e dormir cedo. Não tomarei mais comprimidos. Agora Deus é o meu sonífero!

Ele me segura pelos braços com toda a força dos seus músculos e grita:

— Pare já com essa ideia escabrosa. Vai ficar com as roupas limpas e continuar fedendo. Mas será o cheiro podre de religião. Nunca mais repita isso!

— Você tocou numa predestinada. Vai pagar caro por isso! Não conhece a fúria de Deus, José Júnior? Já ouviu falar em ser espetado no garfo do diabo? Não teme a penitência divina?

— Não fale a palavra "Deus" perto das minhas orelhas, Lawanda.

José Júnior, acontece que não tenho DESEJO de transar com você em cima da máquina. Você babaria em mim. Também estou guardando minha xana para meu novo amor, sabe? Só quero mesmo que você lave as roupas e não me apoquente. Não interessa o quanto me acha louca.

Grito a plenos pulmões:

— José Júnior! Que horror! Suas palavras têm gosto de diabo, de diaboooo!

Corro até meu quarto e tranco a porta. Preciso chorar. Ah, já sei! Há um pote de Vick Vaporub em algum lugar. Onde está? Onde se escondeu? José Júnior bate na porta e exige que eu fale com ele.

Faço voz de martírio:

— Vá embora. Não quero um ateu liberal na minha porta!

Achei. Esfrego o Vick nas olheiras e já começo a chorar. Agora estou pronta para abrir a porta:

— O que quer, José Júnior?

— Você falou "horror"!

— O que quer, José Júnior?

— Você!

— Não quero mais. Entreguei meu corpo ao Senhor. Adeus! De hoje em diante, é celibato!

— Vai mesmo virar uma papa-hóstia? Uma beócia?

— Já virei, há três dias! Te garanto que sou mais feliz que você! Sinto êxtase religioso e não preciso transar.

Ele dá alguns passos em direção ao portão, conformado. Caiu como uma fila de dominós.

— Ei, José Júnior? Será que você poderia terminar de lavar minhas roupas? Deus há de lhe pagar.

Antes do expediente, sempre o mesmo ritual, ver a vista da janela mais privilegiada. Quarto 40, onde o velho morreu. Foi meu único amigo aqui e não me recordo de ter perguntado seu nome. É velho daqui, velho de lá. Êh lá lá!

Chego no quarto. Há uma velhinha na maca que era dele.

Tento não olhar na fuça dela para não sentir pena. O setor de oncologia é o mais perigoso para aflorar meu coração de pedra blablasfêmia.

Vou andando como um burro até a janela e observo tudo o que minha visão alcança.

Hoje alguns passarinhos piam no jardim. Odeio pássaros. Seus gritos pinicam meus nervos. Há uma mulher sentada no banco de pedra, sozinha. O que faz ali, a que horas chegou e por quem espera? Um vento amainou seus cabelos dourados? Ah, não! Acho que vou descer para ver esse cabelo de perto...

— Anielo Victório, Anielo Victório!

Ouvi isso mesmo? Ah, sim, é apenas a velha entubada falando sozinha. Vou fingir naturalidade e continuar aqui. Onde parei?

— Anielo Victório! Anielo Victório!

Me viro para ela com um pouco de agressividade:

— Quem diabos é Anielo Victório?

Ela fala, com aquele tom que as pessoas usam quando deveríamos saber a resposta:

— Meu marido, oras!

— É alguém importante?

— Foi. Dono de um parque de diversões na Zona Leste!

— Eu também!

A velha entubada olha meu uniforme, curiosa:

— Pensei que fosse a faxineira.

— Ah, sim. Sou. Quis dizer que também gosto de parques de diversões!

— ...

Como ela não diz nada, volto meu olhar para a janela. Um dia vão descobrir que fiquei anos aqui, parada. Uns pensarão que sou contemplativa. Outros, os mais espertos, descobrirão que sou meio autista.

E aquela diaba sentada no banco, hein? Será que tem alguma doença e só foi tomar um ar? Ou é visita de paciente terminal? Ela não tem mais o que fazer além de ficar sentada num ban...

— Anielo Victório! Anielo Victório?

Ah, de novo não!

— Desculpa. Mas por que chama pelo seu marido?

— Não se importe. Bobagens minhas. Quando eu podia andar, ia até o cemitério e urinava no túmulo dele.

— Sei. Cada um chora por onde sente saudade! Posso

fazer uma macumba na madrugada para que ele venha te visitar.

— Mas Anielo Victório é morto já há muitos anos. Deve estar em um cargo maior do que o de fantasma.

— Ah, como Inês! Então tchauzinho. Se precisar de serviços escusos, estou aqui.

A velhinha soltou:

— Tenho um pedido!

— Ótimo. Mas, antes, me diga seu nome. Normalmente é a última coisa que pergunto a uma pessoa. Hoje resolvi me corrigir.

— Berta!

— Legal! O que vai ser? Batatas de saco, refrigerante, shows, visitas noturnas? Hein? Só não posso desentubar-te.

— Quero dançar!

— Aí você tem que falar com o médico, se pode remexer as ancas, né? Também, como vou te arrastar para uma balada sem levantar suspeitas? Imagina você com esses tubos todos na pista! Não! Céus! Só de imaginar a cena, me lembro de um velho que estava aqui e...

— Não preciso ir à danceteria! Posso dançar aqui mesmo, no hospital!

Pergunto, curiosa:

— Com quem, posso saber?

— Com você!

— Combinado. Fica em duzentos dinheiros. Pagamento após resultado. Até as vinte e três horas! Uma hora infeliz, ideal para momentos felizes!

— Oi?

— Nada. Histórias de relógio. Agora tenho que pegar no batente. A chefe da limpeza faz tortura medieval conosco.

— De que tipo?

— A última vez me obrigou a bater siririca com prego.

— Ela é da Opus Dei?

— Digamos que ela é um ser malévolo do mal. Tchau!

Saio feliz pelo corredor. Tenho uma nova cliente e um convite para dançar.

Isso me dá vontade de fazer carinho no corrimão e pensar.

A velhinha entubada. Quero dizer, Berta, é uma safardana daquelas, hein? Mas hoje não estou pra prosa. Vou aproveitar que ando impressionando Lucrécia e lhe agradar de alguma forma.

Ah, uma ideia brotou aqui neste afortunado cerebelo. Parece muito boa. Se funcionar, poderei mentir mais vezes sem riscos de demissão.

Saio correndo e grito em pensamento: "Mentiraaaaadaquiiiii!".

Agora vou ao banheiro para executar meu plano de hoje!

Barulhinho de mensagem. Olho o celular longe do olhar inquisidor de pacientes e funcionários. Zaleriea está louca para me delatar por qualquer coisa. Muito cuidado é pouco. Como já era de esperar, a mensagem é do José Júnior.

"Te amo, mesmo crente. Não preciso de sexo anal, vaginal ou oral. Podemos nos amar em camas separadas. P.S.: Tenho um presente para você."

Bom mesmo! Pra esse não dou nem por um caralho. Presente? Espero que não seja uma cruz, ou vou desvirginar o cu do José Júnior! Que raiva! Como pôde acreditar numa história tão mal contada? Como dizem por aí, se eu precisasse de um burro, ele não daria conta.

* * *

Entro em silêncio no banheiro, como quem vai cometer um crime. Abro a portinha de metal. Deito no chão como todos os dias, com as pernas alongadas para ficar mais confortável. Pego um papel de carta rosa que tenho desde a infância e uma caneta verde com purpurina. Carrego essas coisas na mochila. Vai que! Lucrécia vai enlouquecer de amor por mim. Por onde começar, Lawanda? Deixa ver... Que tal pelo título?

O ESFREGÃO FANTÁSTICO

Lucrécia, não preciso contar sonhos para ser fantástica. Exclamação! Quero mostrar o dia a dia dos esfregões abandonados. Isso é um drama, e dos reais. Não é idílio nem chutação do pau da verossimilhança. Falando em pau, meu esfregão tinha um cabo grosso, e eu fechava os dedos em volta dele para exercitar os músculos havia muito guardados na tediosa vida que levava antes das cotas do governo que me ofereceram este maravilhoso emprego.

Eu gosto de limpar, viu? E como! Meu sonho (este, sim, impossível) é limpar os ciscos dos olhos das ruas, as casas dos moradores de rua. Do alto do meu esfregão, limpar.

Esquecemos, porém — e digo de coração, porque você sabe, Lucrécia, que te quero bem —, de dar um nome ao esfregão. Pobrezinho, não tem registro, cartões, números. É como se não existisse pela banalidade de custar o quê? Quatro dinheiros? Ali, jogado numa loja de 1,99. Longe de atingir qualquer singularidade, por ser semelhante aos outros.

Mas você o escolheu para mim, assim como eu escolhi meu caderno, meu cachorro, o gatinho, aquele ursinho que me acompanha nas longas noites de sono ou insônia.

Agora devo te dizer, Lucrécia, que o pobre esfregão sem nome envelheceu. Com a seriedade de seus (nossos) meses e meses (dois) de parceria a favor da assepsia.

Ele limpou corredores como se fosse uma grande língua. Desenhou bem o entorno de um paciente que não suportou a quantidade de álcool e chegou aqui em coma alcoólico. Lembra desse moço? Ele terminou por desmaiar no canto mais escuro do PS.

Sempre a postos estava o esfregão, triunfando na possibilidade de deixar o ambiente pronto para o próximo dia disso ou daquilo.

Esse esfregão contém memórias mortas, vivas nas extremidades mais recônditas de suas falhas. Ele venceu o tédio de estar sempre posto num canto; a humilhação de ser solicitado apenas nos momentos sujos. Agora mesmo, estou em frente a meu ex-esfregão — sim, Lucrécia, ex! E trate de não chorar!

Vamos velar juntas seu passado. Vou resgatar um tufo de poeira com os dedos medrosos de nojo e, depois, vou atirar rápido na lixeira.

Como você, também reclamo: o esfregão está terminado. Agora teremos de ir até a loja e escolher o próximo. Como se fosse tão substituível quanto um funcionário da limpeza. Teremos um esfregão novo. Mas quem se importa? Quem, Lucrécia, além de nós? Toda vez que miro, indignada, o fim desse esfregão, há um pensamento que punge: onde devemos enterrá-lo junto com nossas memórias?

É. A carta não vale o Nobel, mas tem tudo para futucar o coração da brucutua. Principalmente nas partes em que uso o nome dela. *Mas quem se importa? Quem, Lucrécia, além de nós?* É uma tática boa usar o nome e depois perguntar qualquer tolice, traz a pessoa para perto e, assim, podemos faltar no trabalho, traficar doces, refrigerantes, comprar frigobar, quase ir a shows e coisas desse estilo. Preciso tê-la ao meu lado. Pelo menos até mamãe arrumar lá o novo marido e jogar fora aquele sorumbático.

Assim que eu voltar pra casa, pedirei demissão. Está decidido. Aí vou trabalhar como fiscal da natureza. Já que o governo e suas cotas estão por aí se adequando a nossas doenças.

Enquanto isso, preciso ganhar meu espaço aqui neste local infecto. Medidas desesperadas já! Vão funcionar.

Entro na sala de Lucrécia como um mensageiro elisabetano. Como é feio esse lugar, não? Colocaria o anjo da Vandercília na beirada da janela. Ficaria uma coisa essa sala! Ainda mais medonha.

— Olá, Lucréééciaa.

— Olá! Sente-se, Wanda! Melhor dizendo: Lawanda.

Acordou engraçadinha hoje, a sacripanta dissimulada! Digo, sorridente:

— Então, querida! Venho te trazer este papel. É a respeito de alguns materiais de limpeza que envelheceram.

— É uma lista?

— Digamos que uma espécie de!

— O.k. Deixa aí. Verei depois, estou muito ocupada. Você não imagina.

— Depende da minha imaginação...

— Ah, tenho uma coisa para você!

Ela levanta e vai até o armário cinza de metal. Torce a chave e abre devagar. Por que ainda fabricam esses armários? Só não estão completamente sem vida porque são tão barulhentos que devem chacoalhar os ossos dos Neandertais a cada vez que são abertos ou fechados.

Boa! Vou fazer uma macumba para que o senhor morto do parque venha visitar a senhora viva do quarto 40. É só abrir e fechar a porta.

Lucrécia tira um belo pacote de presente lá de dentro. Olha lá, nem precisei entregar a carta. Ela já me ama!

Solto, num impulso:

— Não precisava, mas eu quero! Obrigada, Lucrécia. Mas me diga: por que foi se incomodar? Meu aniversário é só em março.

Ela fica encabulada:

— Não fui eu que trouxe. Deixaram para você na portaria. Em nome de José Júnior.

Rasgo o embrulho de qualquer jeito. É um dicionário russo. Obrigada, José Júnior, muito sensível. Mas não posso estudar agora. É hora de espalhar meu charme pelo hospital com Berta. Vou levá-la para o primeiro andar.

A sala de material de limpeza é enorme e muito bonita, por causa das cores dos produtos. Ótimo cenário para essa redundância! Mostrarei a ela alguns passos que tenho ensaiado.

Foi difícil arrumar um rádio. Peguei o do porteiro. Coitado. Vai ficar sem ter o que fazer. Mas li num livro que porteiros batem punhetas. Ele há de arrumar distração.

Aqui, no primeiro andar do hospital, na sala de material de limpeza, Berta e eu enlaçamos nossos corpos e dançamos até algo dar errado, e ela me meter um pisão. Não me importo com pisões. Ela dá tantos que um a mais ou a menos não faz diferença. Danço me sentindo quase imaterial. Entre no meu corpo, agora, Uãrdi, me possua e me faça rir e peidar dançando, como fez no templo. Quero acender a febre de Berta com meu transe! Quero eu gerar a Loucura para as outras gerações!

Berta balbucia algo. Não entendo. Mas, sim, estamos sublimes, Berta! É só não pisar no meu pé que eu vou te levar daqui para um templo em Dammam. Fecha os olhos, velha desanimada! Anda! Ela começa a tremelicar. Muito bom! Estamos quase chegando aonde quero. Ela balbucia mais uma vez e se contorce. Que lindo, nunca vi nada igual. Será que são os remédios para o câncer? Eu deveria experimentar!

Ela consegue gritar:

— Estou indo!

— Para o templo de Dammam?

Ela balbucia:

— Não sei!

Cai dura no chão. Merda. Morreu também. E agora? Como vou devolver o corpo para a maca no quarto andar?

Coragem, Lawanda, você já fez coisas piores na vida. Anda, pega o celular e resolve isso:

— José Júnior, querido? Que lindo seu presente, não? O que está fazendo? Venha já me tirar de uma cilada fodida! A polícia vai chegar, e como vou explicar que estava apenas dançando?

Falo tudo assim, de uma vez, só que sem vírgulas. Mas José Júnior sabe bem lidar comigo nesses momentos.

Como eu esperava, além de carregar a velha, ainda colocou os tubos nela para não levantar suspeitas!

Por que não amo mais José Júnior? A dúvida me corrói. Ele tem todos os dedos, quase todos os dentes, seu cérebro funciona de maneira eficaz para as atividades triviais, sabe traçar linha reta e desenha círculos quase com perfeição. É um bom ateu praticante, decora rigorosos sinônimos. Anda para trás mascando chiclete sem grandes tropeços, não solta pelos. Ele baba, certo. Mas é de graça. E de brinde carregou a velha pra mim!

Se você quer sorrir, é ra-ra-ri. Se você quer chorar, é shá-shá--shá. Se você quer sorrir e chorar, é ra-ra-ri shá-shá-shá — como canto mal! Minha voz é a reprodução sonora dos peidos de Lúcifer. Me lembrei de meus amiguinhos. Faz tempo que não trocamos dois dedinhos de prosa.

Cadê meus besouros? Onde se esconderam? A caixa fica sempre no mesmo lugar. Em cima do armário, ao lado da cama de meteorito, que por sua dura vez tem vista para o cesto de roupa suja. São gordinhos e raros! Alguém viu? Por favor! Pelos Malditos Deuses! Alguém deve ter levado para dar banho? Mas estavam tão limpos. E, ademais, água em besouro? Não faz sentido! Por favor, Malditos Deuses, se eu achar dou três golinhos! De cachaça! Não! Nada disso. Vou mudar o discurso. A coisa está se agravando cada vez que os procuro. Estavam numa caixa verde, de metal — ganhei da minha avó. A caixa também era legal. Não estão

pelo chão, onde só há roupas embrulhadas em alguns cotonetes. Macumba de ontem. A dos cotonetes é boa! Depois
eu conto! Deus, se você existir em sua total frivolidade, por
obséquio, devolva meus besourinhos! Tenho colecionado
há anos. São como uma extensão de mim. Não estão sobre
a mesa, nem embaixo. Não estão no cofre. Não estão afo-
gados na pia do banheiro. Não estão em parte alguma! Não
estão! Meu coração sofre algumas marteladas. Uma dor
lancinante. Eu amo os besouros! Me devolva! Seja o ladrão
quem quer que tenha sido. Levem tudo, frigobar! Borboletas! Cama dura! Deixem meus filhos! É tudo o que restou.
Minha mãe me mandou apenas uma carta no último mês,
meus amigos do bar são mixos irrecuperáveis. Só tenho
meus besouros para conversar. Mais nada! Só tinha! Não
estão! Meu coração balança, treme, dói como se estivesse
envenenado. Por que mais isso agora? Não faço esforço
para chorar. As lágrimas descem e mal sinto o tempero
salgado. São tantas que eu jamais conseguiria meter para
dentro dos olhos. Me agacho no chão para suportar a dor.
Arranho o piso com as unhas.

Na verdade, agora que eles se foram, quero morrer
como o velho, olhando para uma privada e uma tv desliga-
da. Grito.

— O que foi, menina, por que está gritando desse jeito?
Vai acordar os vizinhos!

Grito de novo, engasgada com meu desespero:

— Os meus besouros, Vandercília, roubaram! Entra-
ram aqui e levaram.

Vandercília revela:

— Nada disso. Fui eu que peguei.

Dou um pulo, emocionada:

— Que brincadeira é essa? Onde estão?

— Confiscados!

— Como é isso?

— Estão confiscados até que você me pague o que deve!

— Minha tia que paga o aluguel, eu só pago a luz e a água, lembra? É um trato que está dando mais ou menos certo há dois meses! Me devolva agora meus filhos!

— Antes, você tem que pagar o dízimo!

— Q.U.Ê?

— Sim, venho orando para você desde que chegou. Saiba que, se você não paga dez por cento pelas graças alcançadas, Deus tira o que você mais adora!

— Então adoro você! Me ame ou te mando para o inferno! Essa é a frase do seu Deus.

— Ele te ama, basta você aceitar a graça.

Respiro com dificuldade:

— Que graça? E que Deus é esse?

— O Deus que você precisa aceitar no seu coração.

— Esse Deus fraudulento? No meu coração de pedra-pomes? Ha-ha-ha-ha.

— Ele vai te castigar!

— Como?

— Queimo os seus besouros!

— Quanto é o resgate?

— Mil dinheiros. Como você é louca, preciso orar duas vezes por dia!

— MAS NÃO FUNCIONA!

— Você que está de olhos fechados para os milagres!

— Ganho quinhentos dinheiros por mês. Se eu passar fome e ir voando para os lugares, posso te pagar o TÚDIMO em dois meses!

— Quinze dias ou a fogueira!

* * *

Quinze dias ou a fogueira. Essa frase já tinha doído antes. Mas agora ela vem acompanhada de um pau de arara!

Se eu não tivesse comprado o frigobar, era só entregar o dinheiro para a sequestradora com coração de açougueiro devota de um Deus sifilítico e tudo ficaria bem melhor. Afinal, no frigobar não cabe uma fatia de pão minha. Se eu fosse débil o suficiente para guardá-lo lá, ao alcance de desconhecidos.

Também preciso de sexo. Não pratico desde que comecei a odiar Xosé Xúnior. Mas agora não é uma boa hora para pensar em algo além dos besouros. Rascunho minhas contas num papel cor-de-rosa:

Um extra, defunta Berta: 200 dinheiros. Mas ela morreu e não me pagou, não conta.
Salário mensal: 500 dinheiros.
Vale-ônibus: 150 dinheiros.
Faltam 15 dias para o resgate.
Igual a: preciso fazer mais extras.

Minha odisseia pueril começa agora.

Limpo o chão do hospital pensando que grande ideia do caralho terei agora para angariar fundos e resgatar os besouros.

Nessa hora, a história do frigobar, a morte dos pacientes do quarto 40, a ferida da menina dos herpes e a casa de mamãe me soam um pouco antigas.

Será que devo escrever uma carta de amor para a Vandercília? Ou fingir também para ela que sou uma santa? Cairá, Vandercília, na lorota como José Júnior?

Já sei, vou ligar para minha tia e pedir que ela arrume outro quarto para mim. Há anúncios em toda parte. Vou para o primeiro que ela arrumar. Durmo de valetes com pessoa fedida, no chão do banheiro ou numa caixa. Foda-se. O que importa é sair da casa do demônio disfarçado de Deus truqueiro. Daí resgato meus besouros com o dinheiro que ainda não sei de onde tirar e vou embora com meus filhos gordinhos, carregadinha de amor, vou que vou (adoro essa música). Mas, antes, quer dizer, agora, devo limpar o corredor do setor de psiquiatria. Farei amiguinhos lá?

Chego ao setor dos detraquês e não vejo nada de mais. Ao contrário do que as pessoas pensam, loucos não são aqueles que saem gritando "Estou vivo" e esfregando o pau perdigueiro em cachorros.

Vou ligar para minha doen-tia antes de começar o serviço aqui. Daí trabalharei mais tranquila, sabendo que vou morar em outro endereço com pessoas que não roubam besouros. Qualquer coisa, né? Menos a rua. Menos a miséria sem trégua da rua.

Um louco está no telefone. Não desgruda do orelhão. Fala mais que a minha vizinha. Aquela gorda que passa os dias ouvindo *Carmen*, de Bizet. Gorda! Será que ela se acha Carmen?

E aí, louco? Preciso resolver minha vida enquanto você fala no crazyline! "Disque um ou dois para transtorno bipolar. Três para depressão. Quatro para incontinência verbal e faça grandes amigos!" — nem preciso dizer que número ele discou.

Ele solta o telefone. Acho que caiu a linha. O bocal está babado. Limpo com o tecido do avental. Disco o número da minha tia, que sei de cabeça. Gravei para esse tipo de situação.

Ela atende. É muito imediata para ligações.

— Pronto?

— Oi, tia. É a Lawanda. Preciso ir embora da casa da Vandercília. Ela confiscou meus besouros.

— Impossível, Wanda! Pago seu aluguel como dízimo e um a mais. Está no contrato!

— Tá. Desfaça essa sandice agorinha!

— Não, Wanda! Você precisa de alguém para cuidar de você. Só tem dezenove anos! Sua mãe não pode, lembra?, por causa do relacionamento dela. Eu já faço muito em te ajudar mais do que posso. Você deveria me agradecer.

— Obrigada, tia. Não quis parecer ingrata. Peça a ela ao menos para devolver meus besouros.

— O que quer com besouros, Wanda? Tem tomado seus remédios?

— Obrigada, tia. Devo desligar. Tem um chão por onde loucos caminham que preciso limpar.

— Olha lá, Wanda. Se não tomar direito os comprimidos, te interno.

— Obrigada! Tchau.

Cago para essas ameaças. Ninguém vai me internar. Não deixo. Posso muito bem trabalhar. Tenho um emprego fixo e outro obscuro e me saio muito bem nos dois! Não preciso de internação, não, ouviu, titia? Quem precisa é você e a Vandercília, com essa história de que há acerto de contas no céu e de que há um homem lá. Que tolo acredita que há mesmo? E por que essa santidade toda sempre precisa triturar a carne das criaturas? Vocês duas são como os Malditos Deuses, ávidas por sangue e martírio. E a Vandercília! É só uma larápia! Golpista! E minha tia! Tem ameba no cerebelo? Malucas! Detraquês! Beócias! Odeio religiosas de araque como o mundo odeia a peste! Covardes! Fanáticas! Mal sabe minha tia que passarei o dia internada na ala dos problemáticos mentais. Só que disfarçada de faxineira com saúde emocional. Titia é uma ignóbil! Não há reconciliação possível.

Muito bem, não vou desanimar nem desistir. Pelo contrário, vou é ficar ótima e ensaiar a próxima lorota.

Falo para todos os pacientes sobre meus extras. Ofereço meus serviços. Você é uma ótima vendedora, hein, Lawanda? Deve ter puxado seu pai estelionatário. Mas todos os pedidos dos doidinhos são impraticáveis.

Uma moça que sofre de esquizofrenia paranoide crônica me pede para fazer cooper nos anéis de Saturno. A outra, mais baixinha, ouve e grita: "Quero tocar harpa com Afrodite!".

Credo, estão parecendo eu! Outra quer que eu fique assoprando seus cílios. Mas tem que ser agora, e não depois das vinte e três. Ela tem TOC. Uma pena. Agora tenho que limpar, não posso ser flagrada assoprando, Lucrécia me comeria o fígado com ração. O que eu diria? Que há um enxame de ciscos nos olhos da moça? Será que ela já leu a carta? Deve estar chorando de emoção!

"Não dá, não dá, não dá", saio falando isso antes mesmo de ouvir os pedidos. Logo hoje, que preciso de dinheiro, me mandaram pra cá. Oh, vida de merda!

Lucrécia não parece estar de bom humor hoje, talvez seja essa sala, não tem ventilação nem luz solar. Ou ela deve estar com as hemorroidas pelando dentro da calça. O calor é muito grande para um cu tão pequeno. Essa aí tem cara, deve ser a rainha do anal. Exibe aliança no dedo com orgulho. Deve conhecer a receita do casamento perfeito: casa limpa, sexo sujo.

Ela olha para mim daquele jeito que ofende, bem nos olhos. Diz:

— Soube que andou oferecendo serviços aos pacientes, Lawanda. Ofereceu soprar os olhos de uma menina? A Zaleriea ouviu tudo.

— Lucrécia, que engraçado. Não vi a catracaiada por lá. Fica escondida ouvindo conversa de maluco?

— Por que fez isso?

— Para divertir os pacientes.

— Não precisa. Já são loucos.

Concordo com ela pela primeira vez.

Me entrego:

— Como serei punida? Ofereço meu corpo a torturas medievais. Sei que errei.

— Não. Não haverá punição. Você está demitida. Pode deixar o avental aqui e ir embora.

— Com todo o prazer!

— Agora que voltou para a casa de sua mãe e não tem contas para pagar, não precisa mesmo trabalhar.

— Sim. Só por curiosidade, você leu a carta?

— Que carta?

— A que eu deixei aqui.

— Quando?

— Na última vez que estive aqui. É uma lista.

— Lista de quê?

— Lista de nada.

— Lista de nada?

— É. Quero dizer, não, não é isso. Não faz diferença agora. Deixa pra lá.

Olho a sala. É a terceira e última vez que tenho de suportar tamanha feiosidade.

— Ah, Lucrécia?

— Pois não.

— Não é você que me demite. Sou eu que te condeno a ficar.

O que caralhos vou fazer nesse quarto sem os meus besouros, agora que fui demitida? Ah, sim. Pensar em mamãe. Pelo andar da narrativa, minha única esperança é voltar para a casa dela. Mas só posso existir lá na ausência de seu marido. Por isso a macumba dela tem que funcionar. Lawanda, como você é repetitiva! Sim. Concordo comigo.

Já sei! Vou usar o dicionário que ganhei do José Júnior para decifrar as frases dos pôsteres. Uma é do Maiakóvski. Gosto quando escritores usam a palavra "fumaça". Bravo. Grandioso. E agora? Que fazer? Macumba para quê? Ah, sim, para arrumar outro emprego com a ajuda das cotas do governo. Vou criar uma agora mesmo. Usarei os cotonetes.

Batem na porta! Mas quem se atreve a atrapalhar meus rituais?

— Entra aí.

É Vandercília. Está em fúria.

— Descobri suas macumbas!

— Tem fuçado no meu armário, Vandercília?

— Você é diluviana. Sua tia e eu concordamos que você deve ir embora. Tem muitas meninas precisando usar o quarto. Vamos alojar aqui uma garota com problemas na perna e sua tia vai ajudá-la, pelo dízimo!

Grito:

— Minha tia vai ajudar uma desconhecida com problemas na perna e me deixar na miséria sem trégua da rua?

— Sim. Aqui você não fica nem mais dez minutos. Pegue suas coisas e saia. As macumbas já queimei, em nome de Deus!

— E meus besouros?

— Ainda lhe restam treze dias.

Ainda lhe restam. Odeio quem fala "ainda lhe restam". Parece ameaça iminente: "Ainda lhe restam três minutos para correr antes que a bomba exploda sua fuça quadrada e suas vísceras grossas sirvam de alimento".

Vandercília sentencia:

— Arrume o dinheiro e venha buscar seus amiguinhos. Simples. Agora saia, que a nova moradora já vem chegando.

Decidida a seguir meu caminho para lugar nenhum, entro num ônibus, sem me preocupar com o destino.

Sento perto da janela, ao lado de uma gordota. Ela está com o queixo levantado, um ar triste de quem já, já vai tomar um cappuccino, suas ancas balançam no ritmo do busão, mas não me incomodam. Percebo que ela tem uma sacola de plástico entrelaçada nos dedos. Gosto de imaginar o que há dentro das sacolas das pessoas, é um exercício inútil, muito sedutor. "Ei, mastodonta rotunda, você veste verde todas as quartas-feiras? De onde você veio? O que comeu para engordar tanto? Me mostra logo de uma vez o que tem aí na sua sacola." Desisto logo do assunto. Preciso parar de pensar. É isso. Nada de pensamentos enlouquecidos, deletérios, criativos, alucinados ou sem sentido.

Penso no emprego que perdi. Tento me confortar: Lawanda, acalme-se. Este emprego tinha um futuro muito limitado. Foi bom acabar com ele antes que ele acabasse com você. Preciso calar essa pensamentação toda. É isso, vou agora mesmo, antes que seja tarde, jogar minha cabeça no lixo. Não quero mais roer os ossos desse desassossego. Peraí, deixa eu balançar um pouco minha bunda pra ver se eu também paro de pensar. Vou imitar a minha vizinha de assento, essa aí se exibe demais, só porque tem cabeça mais silenciosa que uma lata de ervilhas.

Uma mosca pousou no vidro da janela. A janela está tão suja, pensei, ficou ainda mais repugnante com o inseto. Fico contente quando uma mosca se recusa a ir embora e aí começa a chover. A chuva espalha gotas minúsculas pelo vidro da janela. Uma gota engole a outra e as duas escorrem juntas, atingem o alvo. Mais essa, a mosca se afogou. Gostei de ser a última pessoa a vê-la. Prefiro que as moscas morram assim: na mira bélica de uma gotona. Não pude deixar de sorrir.

— Qual é a graça? — me perguntou a gordota.

— Chega! Acabou! — A graça é essa.

Desço do ônibus. Paro em frente a um hotel mequetrefe na avenida São João, resolvo entrar só por curiosidade de saber quanto eu pagaria se tivesse dinheiro. Entro.

Na parede há crucifixos, santos, fitas, e no ar o mesmo cheiro podre de religião da casa da Vandercília.

— O quarto! É quanto?

O recepcionista tem uma velhice tradicional, um ar meio maníaco. Olha nos meus olhos e treme de euforia:

— Te conheço. Você não é filha do Torquato, o velho insalubre?

— Meu pai está morto.

— Magina. É o Torquato. Mora aqui, no 302. Você é filha! Tem os olhos do diabo! Vem comigo.

Subo as escadas do hotel e o cheiro podre de religião é tão forte que sinto dores e ânsia. Seguro a barriga, firmo o pé, pra não vomitar. Inútil. Arroto como um bovino. Liberto um jato da boca. O jantar de ontem mancha meus pés e a escada. O homem não se importa, acostumado com imundícies. Fala baixinho, como se pedisse segredo:

— Wanda, seu nome, né? Conheci quando era pequena. Sou amigo do seu pai há anos. É você, sim! Seu pai está velho, não se assuste. É escritor, mas vive de golpes.

Depois de todas as escadas subidas, paramos em frente a uma porta. O homem abre, sem bater. Eu entro e ele se vai escada abaixo, todo contente. Desaparece.

Seguro o grito de horror, e rio, rio do que vejo. Um velho decrépito em meio a estofos amarelados de almofadas, com muitos livros em volta. Ele levanta os olhos e passeia a vista toda por mim. Aponta o dedo e troveja:

— É Wanda, filha da leviana! Da macumbeira leviana!

— Hoje estão todos lembrando errado. É Lawanda! Com dáblio. "La" antes do "wanda".

— Sinto muito. Não lembrava...

— ...

Mesmo sem ele oferecer, sento numa cadeira à sua frente e acendo um cigarro, quieta.

— Do que vamos falar, Lawanda? O que quer saber?

— Sobre o quê?

— Sobre mim!

— Não sei. Diz aí alguma coisa.

— Seu pai é escritor, sabe?

— Legal. Pensei que fosse estelionatário.

— Isso foi no passado.

— Bom, gosto dos escritores. Eles não têm culpa de seus delírios. Mas também gosto dos estelionatários. São os lúdicos do capitalismo.

Ele lança em cima de mim uns papéis cheios de textos, rasuras e gatafunhos. Leio o que consigo: "em vez do luxo de um vestido parisiense visto-te apenas com a fumaça de meu cigarro".

— Engraçado, parece que já li isso... Algum escritor russo?

— Sim, temos russo no sangue.

— Sempre achei que fôssemos todos árabes, dos dois lados.

— Nada disso. Era sua avó por parte de mãe que tinha mania de falar "tuchê". Era viciada em histórias de vaginas.

— Mentira número dois. Sei bem da dança no templo, Uãrdi. Mamãe me contou tudo.

— Sua mãe te alimentou com invenções a vida inteira.

Não quero discutir minhas origens. Eu sou uma monstra saída da barriga da minha mãe. Deformada. Saí de uma família de covardes, ladrões vindos de um pátio de hospício. Vou acabar meus dias arrastando correntes. E tenho fome. Vou fazer meu primeiro pedido a papai:

— Preciso comer. Vomitei agora. Tem algum pão aí? Meu apetite não está para almofadas hoje. Pelo visto é só o que tem.

— Tem mesmo cara de semiesfomeada. Mas não posso.

Depois, depois. Preciso sair agorinha, vou ao enterro de um grande escritor, Tife Glangson. Hoje foi sua noite de autógrafos. O livro *18 gargalhadas gorgolejantes* foi muito bem-aceito pela crítica, aclamado pelo público e odiado pelo autor. Durante o evento, na frente da família e da imprensa, Tife bradou minha frase preferida: "Para mim, chega!". Meteu o revólver na garganta, gorgolejou, deu o gatilho. Grande autor! Estou descontente. Ninguém se lembrou de me convidar para o enterro de Tife. Mas eu vou!

Desenxabido, ele chuta três pedacinhos de estofo de almofada, respira pesado:

— Eu vou.

Lasco, pra piorar seu sofrimento:

— Você pensa errado. Jamais será convidado para enterros de literatos. É um plagiador! Essa frase aí eu já li em algum lugar. Não tem vergonha de ir se apropriando assim sem mais?

Ele fica roxo de fúria, levanta do sofá:

— Sua mãe que era louca! Ela, sim! Fazia macumba com fezes!

Fico desesperada:

— Ainda faz! Todos os dias. Passa as fezes no corpo nu, vai se banhando de merda. É porque, coitada da mamãe, você não sabe! Ah, a macumba é pra sair da miséria.

Defendo mamãe, a louca de merda.

Ele confessa:

— Rezei muito para Deus tirar sua mãe da merda!

— Pelo jeito não funcionou. Deve ter rezado para um Deus piadista ou impiedoso qualquer. Mas olha aí! Agora vejo uma coisa! Sempre me disseram que tenho os olhos do facínora. E tenho mesmo!

— Os olhos são meus. Mas o resto é da leviana!

— Não fale assim, leviana. Pelo menos ela não faz cópias.

— Mas e as fezes? Você acha normal?

— São inéditas. As macumbas de mamãe são inéditas!

Saio batendo a porta, em direção às escadas vomitadas, chorando por mamãe, pedindo ao Maldito Deus piedoso ou piadista que a tire da merda! Tenho um pai tresloucado. Tresloucado! Vou correndo, sem respirar. Atravesso a escada melecada, passo pela porta da recepção e o homem que me atendeu e causou esse encontro não está atrás do balcão.

Paro na calçada. Aspiro fundo e expiro, três vezes: a esperança é o remédio dos miseráveis, lembro! Ando um pouco com um cigarro na ponta dos dedos, ele vai queimando enquanto esqueço de fumar.

Observo meus olhos no retrovisor de um carro. Lawanda: aquela que perdeu a casa, o quarto, o frigobar, os besouros e o emprego. Tudo, menos a razão. Tenho os olhos do facínora.

Continuo meu caminho. Daí lembro que não tenho para onde ir. Vai, Lawanda, faça alguma coisa, tenha alguma ideia brilhante. Não, dessa vez não vou ligar para José Júnior.

Vou é me virar sozinha!

Talvez eu arrume por aí uma pistola redutora de mim.

Acaralhação da vida!

Decido não me aventurar mais em transportes públicos. Lawanda: aquela que não tem bicicleta, nem uma mula, nem nenhum centavo chinfrim. Ando pelo centro da cidade, seguindo a sombra de um rapaz. A tarde parece a tarde de ontem. Que parecia a de anteontem. Tudo cinza--plástico. Em silêncio, acendo um cigarro e deixo que ele fume sozinho. Lembro de Pitágoras, meu besouro mais vivo. Examino sua figura na minha imaginação. Tem os olhos de um bêbado. O rapaz vira à direita. Não quero virar à direita, tem uma ladeira lá. E, agora, Deuses Malditos, quem devo seguir? Quando não temos para onde ir e não queremos nada, devemos topar todas. Continuar em frente, altivos, com o queixo levantado, os ombros estendidos, como se estivessem pendurados por grampos. Devemos olhar as pessoas bem nos olhos, daquele jeitão que incomoda. E deixar nossos sapatos escolherem nos guiar. Um pé na frente do outro, resoluto. Devemos, apenas, evitar as ladeiras, os ônibus abarrotados, as velhas vagarosas, bares silenciosos e ruas iluminadas demais. Mas às vezes esqueço que devo fazer isso tudo também.

Nada existe, nem anjo medonho, nem o coração descongelado e blablaboseira da Vandercília. Só coisas existem. Não me importo, nadinha mesmo, com coisas novas. No meu armário tinha uma porção de coisas velhas que a vilã número dois desta história, a ratazona, queimou. Camadas geológicas de coisas antigas. Essas que servem para macumbar. As coisas muito velhas são perguntas que ainda quero responder. As novas me desagradam, tenho medo de tocar nelas. Sei muito bem que posso morrer se enfiar os dedos nelas. Mas às vezes faço, só pra me desmoralizar. Sou uma garota soberba, enfio o dedo mesmo. Rapidinho. Pra desmoralizar. Foda-se. Nunca tive ambições maiores que meu par de sapatos. Contando com o tamanho inteiro do cadarço. Não só o laço. Eu posso chorar pouco com muito esforço, mas tenho lágrimas registradas numas fotos que fiz no celular. Uma coleção de palavras belas que eu não uso. E, enquanto os outros rezam, eu sei muito bem morder os lábios.

Caminho procurando coisas pra minha coleção. Olha aí quanta quinquilharia magnífica jogada na rua, pra chover em cima. Vamos ver o que me espera. Uma boneca sem cara. Gostei. Vou dar nome a ela. Diabocética é o nome dela. Tem a buxinga intacta e nada daquele sorriso mixo costurado na cara. Encontro um ralador sem alça que me corta os dedos e me faz rir. Uma placa de Não Pise na Grama. Que frase! Deuses Todos! Quantos dariam cu com vidro por essa frase. Uma escova de dentes sem cerdas. Poderosa. Serve pros dentes e pra escovar os pelos dos animais empalhados. A privada pesa um pouco, como tudo o que vale a pena nessa vida. Vamos todos. Vamos montar uma barraca na praça. Vou ter que vender meus pertences para resgatar os besouros. Minhas únicas coisas únicas. Oh, dejeto de vida!

— Você é marchand do lixo.

— Q.U.Ê?

Só porque estou aqui expondo essas obras de arte na praça da Sé, um cara meio troncudo resolveu falar.

Respondo logo, como se desse um tapa na cara dele:

— Essas coisas não são lixo. São materiais. Poderosas armas de um passado desconhecido. Mas você jamais vai alcançar. Não com esse seu bigodinho importado. Seu relógio diz aí que horas são?

Ele respondeu, frio, como se não tivesse levado a bofetada:

— São seis e sete!

— A essa hora eu deveria estar esfregando.

— Q.U.Ê?

— Nada, meu filho. E aí, quer a boneca Diabocética? Grande heroína do pornô, ou vai levar o ralador?

Ele ri um pouco. Divertido, o moço. Com a mão direita alisa o queixo, analisando, intrigado, minhas coisas únicas.

Ele ri, como se fosse engraçado vender uma privada.

— A privada é quanto?

— É mais cara. Leva o ralador.

— Quero a boneca.

— A boneca me parece muito ativa pra você, hein? Tá mais magro que um canalha.

— Quero a boneca.

Ai, logo hoje que quero treinar os baixos fudetórios da Diabocética, ele vai levar minha boneca?

— Então feito. Mas leva o ralador junto, pra ela se divertir.

Ele levou. Foi embora balançando a cabeça. Por que será que todos balançam a cabeça nessa história? Deixou umas moedas pequenas. Menisquente! Uma pena. Diabocética pra mim é dessas mulheres que agregam todo tipo de mané em volta, mas gosta mesmo é de sentar em rolas variadas, desvairadas e variantes. Teve amantes, nunca teve amor. Gosta de sopapo de rola na crica. Abria a bunda pra qualquer um que desejasse bom-dia. E como era solavanco de pica. Danadona. Vai entediar.

— Mãe, quero essa escova de dentes! Eu quero! Eu quero!

Cada grito do menininho explodia no ouvido da mãe que nem bomba nuclear. Ela arrasta o garoto pelo braço, em direção à rua. Daí ele vira o rosto para ver a escova, temendo ser a última vez. Grita de novo, com mais urgência. Pude ver que não suportaria viver sem a escova. Ele sente algo misterioso, poderoso pelo objeto. Menininho de bom gosto. Vou dar a escova pra ele. Não me importo com levar grana, lavar grana. Sinto que deve ser dele, pela vibração da peça. Um presente pelo seu refinamento. Corro até os dois e ofereço a escova ao menino. A mãe, assustada, puxa seu bracinho para longe de mim.

Ele berra:

— Quero a escova, mãe! A minha está velha.

Ela grita baixo, assertiva:

— Essa que está encarquilhada. Vamos!

Ele freia o passo. Começa a se debater, urra, relincha e chama a atenção de todos para minha barraca. A mãe consegue arrastar o menino para a rua. Mas essa mulher tem alma de defunto? Zero pra ela. Nota de Norte: zero. Nota de Oriente: zero. Gosto dele! Pelo espetáculo, pela representação impecável, espontânea. Ele me fita de longe. Seus olhinhos têm o auxílio de uma furadeira. E isso basta para que meu coração louco de pedra-pomes seja perfurado.

A praça não é um bom lugar para relembrar cenas. Os acontecimentos que presencio já me bastam. É um desfile de absurdos. Crianças que se agarram nas saias de desconhecidas. Cachorros cheirando transeuntes, sarnentos e sedentos para compartilhar qualquer farelo e infelicidade. Putas fugitivas. Adolescentes que choram por um segredo. Mulheres que batem em homens. Homens que sapateiam no capô do carro de mulheres. Cigarros meio acesos, fumados e apagados. Bitucas infindáveis. Cigarros. E ninguém é feliz nessa cidade. Bom. Já que todos estão mal, me sinto particularmente bem por aqui. O asfalto é doce também. Estou beijando o asfalto. Há um coturno na minha cara, bem em cima da minha bochecha, pressionando minha boca no chão. O coturno aperta, esfrega bem minha cara. Para sangrar mesmo. Não sei a que horas essas botas sairão de cima de mim. E isso me impede de ver as cenas que passam e não param de passar. Decido relembrar como tudo isso começou.

O policial se aproxima da minha barraca. Está com os pelos das sobrancelhas afiados para cima, as mãos nos bolsos, tem um revólver. Não tenho medo de pólvora, não nessa vida em que já bebi até gasolina.

— Por que você está vendendo uma privada?

— Ela faz parte da conjuntura da obra toda. Mas não.

— Não o quê?

— Essa não vendo. Alugo.

— Lunatiquinha. Aqui é proibido vender ou alugar qualquer coisa.

Me aproximei o máximo que consegui de seu rosto e respondi, o dedo em riste:

— Coloca a cabeça dentro do vaso e veja seu destino no fundo dele. A privada aí tem visões.

O homem me deu um chute na cara e deixou seu sapato preso lá. Mas, antes, quebrou minhas coisas na frente de todos — diga-se vergonhosamente de passagem. Bom, eu sabia, já sabia que ele iria fazer isso. É melhor não me importar. Um segundo a mais ou a menos embaixo de uma bota aqui já não faz diferença. As coisas estão dando errado há priscas eras. Ainda me restam treze dias para tirar esse coturno daqui, levantar, me sacudir, esperar a marca de sola sumir da fuça e resgatar os besouros na casa da Vandercília. Que anedota. Ainda me restam.

ESTA OBRA FOI COMPOSTA EM MERIDIEN PELO ESTÚDIO O.L.M. / FLAVIO PERALTA
E IMPRESSA EM OFSETE PELA GEOGRÁFICA SOBRE PAPEL PÓLEN BOLD DA SUZANO
PAPEL E CELULOSE PARA A EDITORA SCHWARCZ EM JULHO DE 2013